U0064164

說明文
批改範例38篇

劉慶華 主編

中華書局

□ 責任編輯：黃海鵬
□ 裝幀設計：甄玉瓊
□ 排　版：黎品先
□ 印　務：劉漢舉

說明文批改範例 38 篇

□
主編
劉慶華

□
出版
中華書局（香港）有限公司
香港北角英皇道 499 號北角工業大廈一樓 B
電話：(852) 2137 2338　傳真：(852) 2713 8202
電子郵件：info@chunghwabook.com.hk
網址：http://www.chunghwabook.com.hk

□
發行
香港聯合書刊物流有限公司
香港新界荃灣德士古道 220-248 號
荃灣工業中心 16 樓
電話：(852) 2150 2100　傳真：(852) 2407 3062
電子郵件：info@suplogistics.com.hk

□
印刷
美雅印刷製本有限公司
香港觀塘榮業街 6 號 海濱工業大廈 4 樓 A 室

□
版次
2016 年 4 月初版
2023 年 5 月第 3 次印刷
© 2016 2023 中華書局（香港）有限公司

□
規格
32 開（210 mm×140 mm）

□
ISBN：978-988-8394-16-6

目錄

序一

　　一直以來，「精批細改」是香港語文教師常用的作文批改方法。教師逐字逐句詳盡批改作文，給予「眉批」和「總批」，讓學生可以準確地看到他們對文章的意見；而「眉批」和「總批」的評語，也對部分學生起鼓舞和激勵的作用。這些批語更可增進師生之間的溝通。透過這種批改方法，學生若能透徹了解教師的批改，得益比了解一篇課文更大。故這方法實有它可貴和可取之處。

　　不過，這方法也有其缺點。香港中文科教師工作繁重，每位教師平均需要任教三班中文。若教師要替學生每篇作文進行「精批細改」，他們實在沒有足夠的時間。另一方面，學生未必能把教師的評改分析、反思，再轉化為作文能力，主動應用於寫作上，教學效果往往事倍功半。除非香港推行小班教學或個別學生輔導，否則難以發揮「精批細改」的優點。

　　基於以上原因，近年教育界已嘗試運用其他的作文批改

方法，包括符號批改法、量表批改法、同輩互評、錄音診斷法、重點批改法等多元化的批改方式。而「重點批改」是較多教師採用的批改方法，可是，坊間有關這種批改方法的研究和參考書籍並不多。

「中學寫作教與評系列」共有五冊，以記敘文、描寫文、抒情文、説明文、議論文寫作教學為主，每冊收集了十九位教師的作文批改示例，證明教師可以按照教學目的，使用重點批改法，有系統地重點批改作文。另外，教師亦針對有關重點，作出適切的「段批」和「總批」，有系統地給予學生意見，讓學生更能透徹了解自己的寫作優點和缺點，提升寫作能力。還有，每位教師批改作文後，均撰寫了「老師批改感想」，寫出他們對寫作教學和批改的心得，加深了教師的反思和交流。這些批改重點得來不易，是語文教師的寶貴經驗和心得。語文教師的工作任重而道遠，這套書對設計寫作教學和評改，有很大的參考價值，讓寫作教學更能得心應手，更希望能減低語文教師的工作量。

謝錫金教授

香港大學教育學院副院長

序二

　　讀寫訓練一直是語文教學的重點，培養學生利用流暢通順的書面語恰當地說明事理、抒發感情、表達思想，乃至毫無障礙地與人溝通交流，是語文教師一直努力不懈的目標。大部分教師在這方面所投入的精力，可謂不少。但成效卻一直不太理想。沒完沒了的作文批改流程和無甚起色的學生表現，也曾經構成我教師生涯中頗不愉快的回憶。我相信這也是不少教師的共同經歷。

　　到底寫作教學應該怎樣實行才有成效，是一個值得我們再三思考的問題。在教育當局推出中國語文科新課程的時候，中華書局計劃出版這套有關寫作教學的系列，顯然有相當積極的意義。

　　這套書的主編指出，寫作教學要取得理想的效果，教師必須有周詳的計劃、明確的訓練目標，並要結合篇章教學，以寫作能力作為訓練和批改的重點。其中有明確的訓練目標，是非常重要的一項。這是從教師的角度而言的；而從學

生的角度來說，則是要有明確的寫作目標。

個人認為，香港寫作教學的一個普遍毛病，是「作文」的味道過於濃厚，「作」的成分多於實際表達的需要，在這種情況下寫成的文章，很難做到言之有物。學生為文造情，寫作動機和興趣往往不會太高，教師無論花費多大精力，「精批細改」，也不一定能吸引學生細心體味批改背後的原因。教師的精力時間往往花費了不少，卻得不到應有的效果。造成這個局面，往往在於我們沒有構思好一篇作文的真正用意，沒有結合學生的實際生活和經驗，寫作一些與他們關係比較密切，又使他們覺得有表達需要、有實際用途的文章。

我曾經見識過一所學校的英語寫作訓練，覺得教師的整個教學環節安排得靈活生動，讀、寫、知識學習等互相配合，作業模式實用而多樣化，很值得我們借鑒，不妨在這裏跟大家分享。

那所學校的英語教學有部分環節跟史地學科組合成綜合單元式教學，其中一個單元的主題是古埃及，有關埃及的歷史、社會制度、農耕物產、建築、宗教、文化、藝術等內容，部分在課堂上教授，部分作為閱讀內容，並配上相關作業，訓練閱讀能力。至於寫作教學，則有以下一系列不同性質和訓練重點的作業：（一）參考古埃及的灌溉用具，學生自行製作一台可以活動的水車，然後寫一段文字，說明水車

如何運作，以此訓練說明技巧；（二）假如要在古埃及的市鎮開設一家飯館，根據已學過有關古埃及的農作物和牲畜飼養情況，設計一份菜單，以此訓練創意思維及表列手法；（三）根據所學到有關金字塔、神殿、方尖碑及埃及文化藝術等資料，為埃及旅遊局撰寫兩段文字，向遊客推介古埃及遺留下來的歷史遺迹，以此訓練說明、描寫技巧及宣傳、說服等表達手法；（四）在網上搜尋資料，在兵器、音樂、美術、宗教、建築等專題中任選一個，寫一篇專題文章，介紹相關內容，以此訓練閱讀、綜合、組織、報告等技巧；（五）模仿所學的英詩格律，結合古埃及人注重死亡世界的觀念，以木乃伊為題，創作詩歌一首，表達對於死亡、永生的看法，以此訓練抒情手法及詩歌創作技巧。

這種將專題教學、閱讀、寫作能力高度融合貫穿的教學模式，是中文教學界所少見的，實在令人眼前一亮。它的好處不但是形式多樣化，而且不同作業各有目的、作用和重點，彼此互相配合、互相補足；更重要的是它突破一般寫作訓練的框框，讓寫作不再是孤立的活動，學生不需要面對或抽象、或陳舊、或遠離生活的作文題目，搜索枯腸，無話可說。

探索寫作教學的新途徑，我覺得有無限可能性，問題只在於我們願意跨出多大的一步。現在有教育界同人作出寫作教學的新嘗試，實在是可喜的現象。

　　我跟慶華是中文大學研究院的同學，知道他一向對中國文化、對教學工作充滿熱誠。供稿的作者中，也有不少昔日的同門。現在他們共同為中文教學作出貢獻，探索寫作教學的新領域，中華書局同事囑咐我代為寫序，當然義不容辭。在港的時候雜務纏身，一直抽不出時間下筆。結果稿成於尼羅河上，當時正在埃及度假遊覽，五千年的古埃及文明令人驚歎折服，古埃及的寫作例子更加生動地浮現於腦海中⋯⋯

陳瑞端教授

香港理工大學人文學院副院長

主編的話

　　中華書局為配合中學中國語文科新的課程需要，二零零三年已出版了《老師談教學：中學中國語文篇》，這次又出版一套寫作教學叢書，合共五本，包括了五種文體：記敍、描寫、抒情、說明和議論，定名為「中學寫作教與評系列」。每本書主要包括一篇有關寫作問題的短文、批改文章部分及一篇後記。寫作問題部分，主要是提出一些寫作上要注意的事項，或者我個人的想法，希望能引起老師注意和反思，有助他們訓練學生寫作；批改文章部分是全書重點所在，老師通過運用寫作能力作為批改重點來批改學生的文章，從而說明學生在寫作能力上的表現，讀者可以藉着這部分了解批改者的批改方法，並從批改者的建議中得到啟發。最後，我就着今次的主編工作說幾句話作為全書的後記。

　　過去多年來，我們教導學生寫作，出了題目後便用心教他們如何結構、如何用修辭、如何開頭結尾，可以說訓練的重點無所不包，然而，這樣的教法，有多大的成效呢？而老

師批改時，結構、修辭、錯別字、標點……無所不改，改了這麼多年，又有多大的成效呢？我覺得要提升學生的寫作能力，先要有一個周詳的計劃，每次訓練要有明確的重點，這樣的教學才會有效果。所謂有周詳的計劃、明確的學習目標，就是：先要定好每一級教甚麼，篇章之間的訓練重點要有關聯，年級之間又能銜接，而不是「東一拳、西一腳」式的訓練。我不知道有多少老師在教作文時，會有這樣周詳的考慮。或者我大膽地說，有時老師只是比較籠統地訓練學生，訓練的目標不太清晰，以致學生只是胡亂地堆材料，拉雜成篇。學生長期處於這種學習環境，很難提高他們的寫作能力。還有一個普遍現象值得注意，很多時候老師教篇章時，會提到每篇精彩的修辭及寫作技巧，但在作文時老師又不要求學生運用，這樣學生學到的知識便不能透過實踐轉化為能力，這是很可惜的事。

中文科老師最怕的要算是批改作文了。老師批改學生作文時，多是「精批細改」或「略改」，這是傳統的批改方式。這樣的批改，往往忽略了批改的重點。傳統的批改方式固然有一定的成效，但花了老師大量時間、心力，效果是不是很理想呢？這點大家心中有數，不必多說。現在我們嘗試用寫作能力作為訓練和批改的重點，試試這種方法是否更有效提升學生的寫作能力，而老師又可以省了時間批改，達到事半功倍之效。

　　我在這套書中，提出以寫作能力作為訓練及批改重點，對我或者對部分老師來說，都是一次新的嘗試。我今次邀請參與這個批改計劃的老師，都是有多年教學經驗的，他們抱着提升學生中文水平的心，在百忙中仍抽空參與了這項工作。在他們交來的稿件中，可以見到有部分老師初時仍不習慣這種批改方式，以致稿件要作多次的修正，而每次的修正都是如此的認真。他們的用心和工作態度，都是值得欣賞的。我在給每一位老師的信裏說，我們可以視這次是教學心得的交流，而不是要製造範本。我希望通過這套書，能使中文科老師興起試用新的批改方式的想法；希望老師可以用最少的時間，提升學生的寫作能力，而不是長期陷於毫無成功感的苦戰中。

　　這套書的每一本由十九位老師批改自己兩位學生的文章組成，文章要不同題目，批改時定出兩至三個能力點作為批改重點。換言之，兩篇便有四至六個批改重點。這樣讀者便可以看到多個不同的批改重點，評改同一種文體的方法。我本來打算限定每位老師用某種能力點來批改，但考慮到每位老師的教學環境不同，很難這樣規定，於是只把每種文體的特有寫作能力和各文體的共通寫作能力列出，請他們在當中找適合自己使用的作為訓練及批改的重點。這樣的安排，自然會有重複的情況出現，這也是不能避免的。以記敘文為例，全書有三十八篇文章，便應有最少七十六個的能力點，

但這是不可能的，既然不能避免重複，那倒不如讓老師多些自主權，因應實際的需要來選擇寫作的能力點。如果這樣，便會有可能出現某種能力多次被用作批改重點，而某些重點則沒有老師使用。然而，從另一角度來看，這種現象是否反映了某些教學上的問題呢？如果真是這樣，這是值得探討的問題。

我在內容結構中，列出「設題原因」和「批改重點說明」，請每位老師先說明為甚麼選這道文題、為甚麼選這些能力點，而每篇文章的批改，要對應「批改重點」，凡與「批改重點」有關的，都應該詳細批改；與重點無關的，則可以隻字不提。批改後，老師就着學生在寫作能力方面的表現提出建議。老師批改完同一種文體的第二篇文章後，要寫一段「老師批改感想」，談談在批改時遇到的困難和感受，這部分相信對前線的中文科老師會有一定的參考價值。

這套書的文章來自各老師任教或曾任教的學校，在得到學生和家長的同意後，我們才選用這些文章，這是尊重他們的創作權。我請老師挑選較有代表性的作品，但不一定是最優秀的作品，這樣會較易看出這種批改方法是否可行。

在這套書，我仍然用文體來分類，因為我覺得用文體來分類，無論對讀文教學或寫作教學都提供了方便。當然有人會覺得這是落後的做法，不是早已有人提出要淡化文體嗎？然而，我卻不同意這種說法。文體是經過長時間的醞釀才能定型，定型後便各有特色，彼此不能取代；各有各的功能，

彼此不能逾越。文體是載體，沒有文體便很難把寫作手法表現出來，例如我們不能只要求學生寫一篇說明的文字或者記敍的文字，而不給這些文字正名；用文體來分類是有必要的，只要我們看看古代的文體分類，便會明白個中的道理，我不想在這裏花太多的時間來討論。我將散文分為五類：記敍、描寫、抒情、說明、議論，這五類很明顯是用表現手法作為分類，這樣便會出現很多灰色地帶；於是又有人提出記敍、說明、議論三分已足夠的說法。這種分法自有一定的道理，但也不足以解決分類的問題，主要的原因是這幾種仍是表現的手法。可以說，到目前為止，各種分類的方法都存在着不同的問題。既然如此，便不妨沿用大家熟悉的表現手法，作為文體的分類，最低限度我們可以較清楚說明每一種文體的寫作特點。

我主編這套書是出於堅信這樣的批改方法是可行而有效的，正因為這樣，這套書除了提供一套批改作文的方法外，還起着交流心得的作用。讀者可以看完這套書後試行這套方法，又或者看完後有自己的想法，又或者看完後仍沿用「精批細改」……總言之，無論結果怎樣，只要是它曾經引起過讀者的反思，它便已發揮了作用。我當然希望讀者在反思後，能設計出更有效的批改及教學的方法。

劉慶華

批改者簡介（按姓氏筆畫排列）

王敏嫻，畢業於香港中文大學中文系，後取得教育學院教育文憑及教育碩士，主修課程設計。現為聖公會白約翰會督中學副校長。於二零零三年借調香港教育統籌局課程發展處中文組，擔任種籽老師，協助新課程發展。曾於《老師談教學：中學中國語文篇》發表〈可望可遊可觀可留的文學教育〉。

余家強，畢業於香港浸會大學中文系，獲文學士榮譽學位，後取得香港大學專業教育證書。現任教於佛教何南金中學，主教中文科。

呂斌，香港中文大學中文系文學士、碩士，教育文憑。曾任天主教鳴遠中學中文科科主任、香港考評局教師語文能力評核科目委員會委員。

林廣輝，香港大學文學士、教育文憑，香港中文大學教育碩士。曾任課程發展議會中學協調委員會委員、香港考評局中國文學科科目委員會委員、大埔區中學語文教學品質圈導向委員會成員。現為香港道教聯合會圓玄學院第二中學校長。

胡嘉碧，先後畢業於香港中文大學中文系、教育學院及研究院，取得榮譽文學士學位、教育文憑及課程教育碩士學位。曾為宣道會陳朱素華紀念中學中文科科主任及香港中文大學教育學院中文科教學顧問。主要研究興趣為中國語文課程改革及資訊科技教學，曾參與香港教育學院中文系何文勝博士的「能力訓練為本：初中中國語文實驗教科書試驗計劃」。

孫錦輝，畢業於香港浸會大學中文系。現任職於迦密唐賓南紀念中學，任教中文及普通話科。

袁國明，畢業於香港嶺南學院中文系，後獲北京大學文學碩士、香港中文大學教育碩士、香港中文大學教育博士。曾任教於多間中學、香港教育學院。現任明愛屯門馬登基金中學校長。曾任香港課程發展議會課程新措施發展委員會委員、香港中文大學教育學院名譽學校發展主任、優質教育基金計劃外聘監察員、香港中文大學教育學院《夥伴航》編輯委員、新亞洲出版社中學中國語文教學顧問等。此外，具有撰寫各類型計劃書豐富的經驗，已成功申請各類型計劃達十多項，包括各類型教統局計劃、優質教育基金計劃、香港藝術發展局計劃等。

袁漢基，香港中文大學中文系哲學碩士。曾任西貢崇真天主教中學中文科科主任。

郭兆輝，一九八零年畢業於香港中文大學，二零零零年獲香港中文大學教育行政碩士學位。現任元朗公立中學校長。

陳月平，一九九六年畢業於香港中文大學中文系，二零零零年完成香港中文大學歷史學部碩士課程。自大學畢業後，一直任職中學老師，主要任教中文科及中國文學科。

陳傳德，香港嶺南學院文學士（中文及文學）。現為仁濟醫院王華湘中學中文科老師。

彭志全，台灣師範大學國文系文學士。曾修讀香港中文大學中文系哲學碩士課程，後取得香港大學教育學院教育文憑。曾任教於佛教大雄中學。從事中學中文教學約二十年。

楊雅茵，畢業於香港大學中文系。畢業後從事教育工作，現於博愛醫院鄧佩瓊紀念中學任教，並於二零零一年完成香港中文大學教育學院兩年兼讀制學位教師教育文憑課程。

詹益光，畢業於香港中文大學中文系，後取得教育文憑、文學碩士、文學博士。現任教於東華三院黃笏南中學，曾任地區教師網絡交流計劃項目負責人。

劉添球，一九八一年畢業於香港中文大學中文系，曾獲崇基學院玉巒室創作獎。畢業後先後任教於聖貞德中學及新亞中學。其後轉職廣告界及商界，任廣告撰稿員及業務發展經理。一九九一年重返教育界，現為樂善堂梁銶琚書院副校長，負責校內行政及學務發展。

歐偉文，畢業於香港中文大學中文系，後取得香港中文大學教育學院教育文憑。現任路德會呂明才中學中文科科主任。

歐陽秀蓮，畢業於香港浸會大學中文系，後取得香港中文大學教育學院教育文憑。現任職中學教師。

潘步釗，香港浸會大學文學士，中山大學文學碩士，香港大學哲學碩士、哲學博士。曾任課程發展議會香港考試及評核局中國語文教育委員會（高中）特聘委員、香港藝術發展局文學顧問。現為裘錦秋中學（元朗）校長。

蔡貴華，先後畢業於香港中文大學中文系及香港能仁哲學研究所，獲得文學士及哲學碩士學位。現為寶血女子中學中文科科主任。

導論：文體與寫作方法

　　現在的中學中國語文科強調能力的訓練，這是無可厚非的。然而，卻有人因此而提出「用文體來組織單元」是大錯特錯的，我覺得這種想法有問題。

　　每一種文體都有一定的體制，體制正是區別文類的根據。也就是說，每一種文體皆有自己的特色，有特定的寫作技巧，其他的文體是無法代替的。試看古代的文體，各有各的特色，各有各的功能，只要我們打開《文心雕龍》看看，便會明白，也不必再去爭論是否要廢除文體了。

　　在現當代文學中，散文中的說明文的特色，是其他文體無法代替的。說明文與其他散文的分別，最明顯的是它不會出現人物，多用順序的寫法。還有一點值得注意的，是說明文的功能之一是傳授知識，其他文體沒有這樣的功能。這是分辨它和其他文體最有力的依據。然而，我們一不小心，便很容易把它和記敍文相混。我們試看下面有關「長江三峽」的描寫片段：

（一）

　　瞿塘峽是三峽中最短的一個峽，從四川省巫山縣的大溪開始，至四川奉節縣的白帝城，全長雖然只有八公里，但卻有「西控巴渝收萬壑，東連荊楚壓羣山」的雄偉氣勢，在三段峽谷中，它最短，最狹，最險，氣勢和景色也最為雄奇壯觀。其「雄」首先是山勢之雄。遊人進入峽中，但見兩岸險峯上懸下削，如斧劈刀削而成。山似拔地來，若刺天去。峽中主要山峯，有的高達一千五百米。瞿塘峽中河道狹窄，河寬不過百餘米。最窄處僅幾十米，這使兩岸峭壁相逼甚近，更增幾分雄氣。其中峽之西端的夔門尤為雄奇。它兩岸若門，呈欲合未合之狀，堪稱天下雄關。瞿塘之雄還在於水勢之雄。古人詠瞿塘：「鎖全川之水，扼巴蜀咽喉。」

　　過了瞿塘峽便是西陵峽。西陵峽得名於三峽明珠──宜昌市南津關口的西陵山。它是三峽中最長的一個峽，從宜昌南津關到秭歸香溪口為峽谷段，長六十六公里；往上還有四十公里長的香溪寬谷段，全長一百餘公里。峽谷內，兩岸怪石嶙峋，險崖峭立。灘多流急，以「險」出名，以「奇」著稱，「奇」、「險」化為西陵峽的壯美。

　　船出了西陵峽，經過一段寬谷的航行後就進入

了長江三峽的另一座古城巴東。長江三峽的巫峽就從巴東縣的官渡口開始，結束於四川省巫山縣的大寧河口，全長四十二公里，巫峽以巫山得名⋯⋯。

（二）

朦朧中聽見廣播到奉節⋯⋯我到休息室裏來，只見前邊兩面懸崖絕壁，中間一條狹的江面，已進入瞿塘峽了⋯⋯瞿塘峽口上，為三峽最險處，杜甫的《夔州歌》云：「白帝高為三峽鎮，瞿塘險過百牢關⋯⋯」

如果說瞿塘峽像一道閘門，那麼巫峽簡直像江上一條迂迴曲折的畫廊。船隨山勢左一彎，右一轉，每一曲，每一折，都向你展開一幅絕好的風景畫⋯⋯

西陵峽比較寬闊，但是江流至此變得特別凶惡，處處是急流，處處是險灘。船一下像流星隨着怒濤衝去，一下又繞着險灘迂迴浮進⋯⋯。（劉白羽〈長江三日〉）

上面的兩段描寫，很明顯有相當大的分別。第一段是我剪裁網上介紹三峽的文字，再重新編排而成的。這一段主要的目的在於介紹三峽，是客觀描寫，沒有作者（我）在內；而劉白羽的描寫卻帶有個人的感受、主觀的想法，同時，出現了「我」，屬於記敘文。第一段文字是說明三峽的地理形

勢，讀者可以從中得到有關三峽的知識；而劉白羽的描寫，或者可以提供少量的相關資料，但卻不如第一段的清晰。第一段用了順序的寫法，這是說明文最常用的；說明文很少用倒敍或插敍來寫的。如果是說明事物的發展過程，我們會用時間順序；說明物件的形狀、自然的景物、名勝古迹等，則會用空間順序；說明過程的會用程序順序；說明事理的會用邏輯順序。而記敍文則不會只用順敍法，它還可以用倒敍、插敍等。以上所提的，是說明文和記敍文在寫作上最大的分別。

我想在這裏提出一點：說明文和說明書在文體上是有分別的。我見過有老師找了一些產品說明書，用來教學生寫作說明文。我是不同意這種做法的，主要的原因是我很少見到這類文字具有說明文的特點。說明書多是篇幅短少，很少講究修辭技巧和結構；多是列點說明，全篇顯得鬆鬆散散，我不知道用這些文字可以教懂學生甚麼。就以中成藥的說明書為例，說明書前面多會介紹這種產品的源起、性質、功效等，而後面則會分成幾個小段：成分、功能、適應症、服法和規格等，每節都是用列點的方式，前後很少有照應關聯。無疑，看了這樣的說明，可以對產品有初步的了解，然而，它卻不是一篇文章。就以上面第一段的文字來說，如果不是經過重新編排，它只不過是一段段獨立存在的片段而已。用說明書來訓練學生說話的能力，或者可行；用來訓練寫作，恐怕會白費心力。

　　我覺得教學生寫作最有效的方法，還是找大量同類文體的經典作品給學生讀，然後要學生模仿。就以說明文為例，我們可以找來幾十篇不同風格的作品，與學生討論分析後，要求學生儘可能熟讀這些經典作品，特別是記着它們的寫作方法，然後進行模仿，很快學生的寫作能力便會大大地提高。古人的文集中有很多擬古的作品，這已提示了我們學習寫作的門徑，而我們卻不用，反而捨近圖遠，絞盡腦汁，並被一些古古怪怪的言論所迷惑，結果是教壞了我們的學生。

　　說明文和說話的關係非常密切，要學生寫好說明文，不妨平時多讓學生在課堂作說話練習，特別是訓練他們說明一些事理。說話說得清楚、有條理，自然有助說明文的寫作。

劉慶華

刺蝟的啟示

年級：中三
作者：文燕峰
批改者：王敏嫺老師

設題原因

1. 本文屬「借物說理」單元，故要求學生以借物說理的方法說明抽象的道理。

2. 同學寫作本文前，曾精讀周敦頤的〈愛蓮說〉、楊牧的〈蜜蜂的讚美〉、許地山的〈落花生〉以及韓愈的〈馬說〉等文章，先讓他們掌握借物說理的手法及如何抓住事物的特點以顯明道理。

批改重點

1. 抓住事物的特點，從而與要說明之理緊扣，由外在客觀事物說明，進而講解道理。

2. 利用名人名言、生活事例及數據資料，以增強說服力。

批改重點說明

1. 抓住事物的特點，是說明文的基本功。現以此進深，借事物的特點，以啟示人生道理。

2. 說明文內容必須真確，學生寫作時，不能信口無憑，故必須在下筆前先找尋說明事物的資料，經篩選、剪裁後入文，以達致言而有據、具說服力。

批改正文

 範文　　　　評語

給人們我行我素、孤僻的感覺
的，要算刺蝟、穿山甲和鱷魚。我最
愛刺蝟，因牠有許多發人深省的品
德，可以讓我們借鑑。

● 開端扣題，説明刺
蝟給人的印象，借物
説理的意思鮮明。

刺蝟看起來醜陋、體型肥矮、
四肢短小、爪彎而鋭、眼睛和耳朵細
小。既怕陽光，又怕熱，更沒有其
他動物的嬌態和馴服，一點都不討好
人。老是活在夜間，不見天日。毛茸
茸，短而密、張而尖的刺，分佈在臀
部。成年的刺蝟一般長有七千至八千
根刺，叫人望而生畏。由此可見，牠
們的自我保護意識多麼強。

● 首句詳列刺蝟的
特點，運用四字句並
列，文句簡潔，是説
明文必具的風格。動
物的基本特徵和有關
的數據資料詳備，以
凸顯刺蝟「自我保護
意識強」的特點。

現今的都市人何嘗不是這樣。天
天為終歸塵土的軀殼營役，把柔軟的
自己逼迫到心靈的荒野，豎立起堅固
的外壘，把一切的人或事拒諸門外，

● 由物及人，以緊接
上文，由刺蝟的自我
保護談到都市人的問
題；並以詩人胡燕青
的説話，引出作者自
己對這一都市現象的
感想。

活得痛苦。

記得詩人胡燕青曾說過：「我們的離別早於相識，我們的重逢卻晚於相認。」既然是這樣，為何不珍惜它，要讓它與你擦身而過。

除此之外，大家對刺蝟還認識多少？刺蝟生活在森林、田野、草原等地方，屬哺乳類、雜食性動物，憑聽覺和視覺行動。刺蝟的外貌雖不討好，卻千萬別小看牠的能力。

● 補敍其他有關刺蝟的特點，作為過渡，以轉談另一道理。

古語云：「人不可貌相，海水不可斗量。」牠能幫助人類消滅蟑螂這些害蟲，是人們的好幫手。刺蝟助人們除去害蟲後，總是躲在黑夜裏，既不邀功，也不自滿。試問，現今有多少人願做這種無名英雄，只問付出，不問收穫？這種偉大的情操，是許多動物自愧不如的。

● 以古語引出作者說明「不可以貌取人」的道理，並表達作者對此特質的敬佩。

刺蝟雖然活在黑夜的世界，卻活

得精彩，開闊自我的新天地，令我為
之欽佩。

總評及寫作建議

　　本文章雖短小，但善於抓住事物──刺蝟的特點，並能
透過豐富的資料以及事物的特點引申到心中的所想所感，論
點清晰，論據適切。透過不同的論證技巧，增強說服力。可
見同學學習的努力和敢於嘗試的勇氣。

　　要解釋道理或事物的特點，以顯明道理或事物的內容和
意義，說明文都可以派上用場。學生經過對事物的細心觀察
後，只要能掌握說明文的特點：透過客觀的語調、反映事物
真實的面貌以及利用平實的文筆，就能寫出不俗的說明文，
學生也容易掌握文體的要求。

談競爭

年級：中四
作者：葉瑞雯
批改者：王敏嫻老師

設題原因

1. 以「談」為重點，透過解釋現象來說明抽象的道理。

2. 競爭對同學來說並不陌生，易於在生活中找尋事例和看法。

批改重點

1. 利用客觀的態度說明道理。

2. 按邏輯順序說明道理。

批改重點說明

1. 寫作說明文須摒除主觀的態度，以表現事物或道理本身的特質。

2. 說明文須有一定的說明次序，才不致於凌散無序，而邏輯順序可令題目層層深入，使道理清晰可見。

批改正文

 範文

 評語

　　競爭無時無刻都在進行，也是人們特別重視的。人們與生俱來便要面對競爭，而且，早在人類為胚胎時已經出現，能夠從母體來到這個世界的，都是競爭的勝利者。

● 説明文講求順序，首段多為總領，開門見山地解釋命題，使讀者一望而知所説明的道理。

　　生物學家達爾文指出：「物競天擇，適者生存。」地球的資源和空間都有限，在不斷變遷中，惟有能適應環境的生物才能繼續生存，強者留下來，弱者被淘汰。恐龍本來很強，曾是地球的支配者，但無論恐龍有多強，卻因無法適應地球的環境變化最終成為被淘汰的一羣。動物世界如此，人類世界亦如此。小時候要為入讀理想學校而競爭，期間面對考試，與不同的學生競爭；長大後，又要為了就業而競爭。人類在不同時期，存

● 第二步即作引申説明。本文正面説明「物競天擇，適者生存」的道理，再援引恐龍及人類世界如何適者生存的例子，以作進一步解説。資料準確，態度客觀。

在不同的身份，所面對的競爭也不同，但有一點動物跟人類是一樣的——為了生存而競爭。因此，競爭是生存的條件，在人類為胚胎時已證實，沒有競爭，人類連生存的機會也沒有。

雖然競爭很殘酷，有人勝利亦有人失敗，但如果競爭不存在，世界又會變成怎樣呢？很簡單，沒有競爭便沒有進步，人們還是披着獸皮，每天以打獵糊口，不知道地球是橢圓形的，更不知道地球外有宇宙；地球的歷史千篇一律，沒有文藝復興，更沒有工業革命。充滿求知慾和好奇心的人類，是否就甘心活在一個沒有進步的世界，每天過着一些簡單的史前人類生活？

● 筆鋒一轉，先用提問作起段，提出反面問題，在正面說明之後，利用反面說理，命題的正反兩面均能顧及。

人類雖是地球的統治者，但某程度上亦及不上動物。動物每天都為了

● 總結說明，並因所解釋的道理而引申到自我反省上作收結。

生存、繁殖後代而面對競爭，雖然未必成功，但仍然掙扎求存。可是人類面對失敗，往往會想到結束生命，這些是面對生命的應有態度嗎？我們應該慶幸有機會來到世界競爭，因此要好好充實自己，面對挑戰。

總評及寫作建議

　　說明文的特點在於解說事理，給讀者提供知識。作者能利用「競爭」的基本意義，從正反兩面讓讀者理解競爭的必然性，態度客觀，引例也根據資料事實，表達清晰。同學舉出現象，加以說明，並能引申談到個人體會。

　　說明一個題目，同學一般常感窮於內容，無法旁徵博引。但在批改過程中所見，往往發現同學不能利用邏輯思維，將內容的正反兩面互相補述，才令他們感到無事可寫。利用邏輯思維，多問「是甚麼」、「不是甚麼」，事物的本質就能更深刻地顯示出來。

老師批改感想

　　寫作說明文，或須抓住事物的特點加以說明，或須闡述一種概念作進一步引申。因此同學必須在創作前，花點時間作觀察及多搜集資料，在陳述資料時，才能透過文章對所說明的事物加深認識。同學若平時不多讀報，不多讀科普文章，不多觀察事物，很多基礎知識就無法抓得住，也難以應用為文了。

佛法與抗逆能力

年級：中五
作者：吳順情
批改者：余家強老師

設題原因

1. 說明文在公開考試的試題中較少出現，因此香港學生一般都會忽略操練，而作為一整套的文體分類寫作教程，理應讓學生學習。

2. 二零零三年的「沙士」、二零零四年的南亞海嘯對香港人造成極大震撼，亦引起公眾人士對如何從苦難中解脫作出反思。本校為一佛教團體興辦的學校，學生由初中起便接受佛學教育，對佛理有一定的掌握，較易於寫作。

3. 這類題目可訓練學生闡釋事理的能力，也可訓練運用說明方法的能力。

批改重點

1. 順序說明的能力。（邏輯順序）

2. 能利用「設問」及「反問」的修辭手法達到說明的目的。

批改重點說明

1. 一篇層次分明、思維順序清晰的說明文能幫助讀者迅

速掌握內容，但學生往往拙於安排大量的思緒而造成混亂。順序說明的能力包括空間順序、時間順序、邏輯順序等，本文集中訓練邏輯順序。

2. 學生運用說明方法的能力較弱，宜多加訓練他們運用不同的說明手法。

3. 學生闡釋事理的能力較弱，故須多加訓練。能利用修辭法「設問」中「自問自答」的特點，達到「自問——引起讀者思考」及「自答——帶出見解」的目的；而「反問」則可做到「令人語塞、令人反思」的「當頭棒喝」的效果。

批改正文

範文 　　評語

生活中的經歷瞬息萬變，甜酸苦辣應有盡有。在學業上、事業上、生活上，有誰不曾遭受過挫折呢？

● 利用「反問」入題，順利開展下文，亦讓讀者沉浸於反思之中，引發哲理思考。

其實人生是沒有坦途的。在我們的生活中，逆境、失望和無助總是難免的。但是，在這種陰暗的日子裏，該怎樣認識逆境，認識自我？這無疑是很重要的。

● 簡單地回應上文，再次運用反問法把「有否遇到挫折」的問題深化成「如何面對挫折」，進一步貼近題目。

　　首先，我們要了解到一切的逆境都只是客觀存在的事物，它不會給任何人帶來痛苦，就像一把非常鋒利的刀，它會使人痛苦嗎？不，它只是一把刀，不會主動去招惹任何人。但是，如果你踩上刀鋒，你就痛苦了。為甚麼痛苦呢？因為你踩上了它。刀只管自己的事，它不會傷害任何人。痛苦，是我們自己造成的。所以當我們遇上逆境時，我們會否感到痛苦，也就要看我們如何面對它，處理它。

● 「首先」一詞予人清楚醒目的感覺，亦是本文以邏輯順序來說明如何利用佛法面對逆境的第一項方法。

● 利用設問手法，說明「刀」本身不會為人帶來痛苦，以此為例引證遇到逆境時也得看我們如何處理。（說明方法的能力：舉例說明）

　　其次，佛陀教導我們要用智慧來脫離困苦和面對逆境。假設你在散步時，有一根小刺刺進你的腳跟，當你一腳踏上一塊石頭而壓逼到那根刺時，你感覺很痛，因此你伸手摸腳底，但因那小尖刺真的太小了，你並沒有發現甚麼，於是便聳聳肩又繼續散步。後來再一次踏着別的東西，又

● 「其次」一詞予人清楚醒目的感覺，亦是本文以邏輯順序來說明如何利用佛法面對逆境的第二項方法。

痛了起來，如此接二連三地發生。造成痛的原因到底是甚麼？就是那根刺在你的腳底的刺，但一直沒找到，你就隨它去。痛一再地發生，直到拔除它的慾念不斷地追隨你，最後你下定決心要將它徹底拔除——因為它傷害了你。佛陀的智慧就是要我們明白事理的根本，究竟甚麼事令你困擾，是甚麼事令你苦惱。弄清楚了，下定決心才可解決！

其實我們在修行佛法中的精進也應如此。不管傷到哪裏，無論有多少挫折，我們必須觀照它，必須直接面對問題，而不是聳聳肩就算了。只要把腳裏的刺拔出來就對了。無論心陷在哪裏，都必須覺知。當你向內觀的時候，你會知道它，見到它，並且經驗到它只是它。

● 利用「其實」一詞承接上文，進一步延伸說明修行佛理的法門——順序說明的能力。（邏輯順序）

再者，不論你身在何處，有何處境，都要以自然而謹慎的方式來認識你自己。如果疑惑出現，就讓它們自然地來去。當你碰上逆境時，便用放下的方法來克服它。這很簡單——只要不執。

● 利用「再者」一詞承接上文，進一步延伸說明修行佛理無分時地——順序說明的能力。(邏輯順序)

最後，遇到逆境就如同你沿着一條路走，時而會碰到一些障礙。當你碰上時，不要掛念已消逝的障礙，也別憂慮未來的障礙，只要把握當下。不要掛念路程的長短或你的目的地，一切都在變動當中。不論經歷了甚麼事，都不要執着，不要逃避，也不要疑惑，最後，心就會達到平衡。心平靜下來，猶如靜止的流水，就可以開啟智慧。有了智慧，無論你遇到任何的逆境，都可以逐一迎刃而解。

● 利用「最後」一詞總結全文，説明佛法是提升抗逆能力的方法——順序說明的能力。(邏輯順序)

總評及寫作建議

　　本文以說理為主，題材比較枯燥，亦不是一般人熟悉的題材，如果寫得層次分明、思維順序清晰的話，可以幫助讀者掌握內容。文章做到寫作前訂立之要求，首段及第二段利用了「反問」入題，為整篇文章定下主要方向。在第三至七段先後用「首先」、「其次」、「其實」、「再者」及「最後」統領思維，令文章更清晰有條理地展現。學生不妨多些採用這類的辭彙作分段開頭，除可予人一氣呵成、互相連貫之感外，亦可給讀者「醒目」的效果。學生亦能多次運用「舉例說明」的方法，惜方式過於單一。修辭法「設問」中「自問自答」的特點，可達到「自問——引起讀者思考」及「自答——帶出見解」的目的。而「反問」則可做到「令人語塞、令人反思」的「當頭棒喝」的效果，對於寫作說明文、議論文一類的文體十分合用。

如何注重個人衛生來預防傳染病

年級：中五
作者：徐穎謙
批改者：余家強老師

設題原因

1. 說明文體在公開考試的試題中較少出現，因此香港學生一般都會忽略操練。而作為一整套的文體分類寫作教程，理應讓學生學習。

2. 二零零三年的「沙士」對香港造成極大震撼，亦引起公眾人士對衛生的關注，選擇一個學生較為熟悉的題目，使其背景知識較為豐富，易於寫作。

3. 這類題目可訓練學生闡釋事理的能力，也可訓練他們運用說明方法的能力。

批改重點

1. 以警句入題。

2. 能運用說明方法提出內容見解。

批改重點說明

1. 學生常說寫作時不知如何下筆，尤以說明文及議論文為甚。而利用警句入題則可以令議題集中，順暢地開展文章。惟成績組別較低之學生「儲存」的警句不足，考試時或

許未能立即想出一些合用的語句，故宜多閱讀及多練習。

2. 學生運用説明方法的能力較弱，宜多加訓練他們運用不同的説明手法。

批改正文

 範文　　　　　　　評語

「預防勝於治療」，這並不是政府的宣傳標語，而是鐵一般的事實，我想這是沒有人會懷疑的！

● 利用警句入題，順利開展下文，讀者亦被吸引聚焦於有關預防及治療兩者關係。

何謂個人衞生？那就是吃飯前先洗手，不要隨便觸摸眼、耳、口、鼻，發覺身體不適時要立刻看醫生、戴口罩，不隨便亂丟垃圾等。

我們萬萬不能忽視這些意識，因為染病與否，是和以上的行為有莫大的關連。再者，人與人之間的感染力都很強，如果我們都跟隨以上指示去做，那麼，我們的親友、家人都會相繼效法，一股小小的力量便會擴大至整個社區和社會，令所有人得益，自

然能遏止傳染病的蔓延。

　　有誰會忘記「沙士」這個疾病？多年前最受矚目的傳染病「非典型肺炎」，在亞洲大規模爆發，甚至禍延至歐美等地。它的肆虐使得人心惶惶，同時亦揭示一個令人擔心的問題——我們對個人衛生意識不足。從小我們便聽從大人們的教導，要注意個人衛生，但當我們漸漸長大，卻將它忘得一乾二淨。「沙士」的出現便正好讓我們受到教訓，原來我們一時的疏忽大意，不但會令自己吃盡苦頭，而且還會連累他人。而這些「他人」更不是別人，正是你的至親、至愛！香港因此失去了二百九十九條生命。

　　談到要「注重個人衛生」，很多人都會將着眼點放在「個人」二字上。有人認為這樣的說法非常自私，應該先處理「公眾的衛生問題」才是上策。

● 帶出人們對「非典」的回憶，以此為例引證個人衛生的重要。（說明方法的能力：舉例說明）
● 運用數字資料可使讀者感到其真實性及震撼性。（說明方法的能力：數字資料法）

我對此說法是完全不敢苟同的，要知道我們所強調的「個人」衛生，並不是鼓吹「各家自掃門前雪」的風氣，而是由個人做起，繼而擴展到整個社區，令大眾得益。試想想，如果我們只是一股勁兒地去參加那些全民清潔運動，卻將家庭衛生弄得一塌糊塗，那麼成效會大嗎？大家會緊記嗎？

相信大家對於「沙士」期間淘大花園居民被隔離的景況，一定還歷歷在目吧！為甚麼會出現這種事情呢？據調查報告所說，全因大廈的衛生環境實在太差。當局隨處都可以撿到老鼠的屍體、住客丟棄的垃圾。更有人因私自改動水管設計，結果引致病毒經水管傳播，成為疫症蔓延的主因。這讓我們醒覺，如果每個人都不做好本分，不注重個人衛生，無形的病菌便會輕易地滋生，伺機而發！所以，

● 舉淘大花園為例，說明「個人」衛生的重要。（說明方法的能力：舉例說明）

要消滅它，沒有他法，只能靠每個人都注重衞生，由個人做起。

　　要知道傳染病可怕之處是無法預見，偶一不慎，還會累及至親。在這個傳染病橫行的時代，我們還是要多加留意自己的衞生問題。只要每個人都做好本分，重視衞生常識，便可有效地預防傳染病，社會也會因此而變得更和諧有序。朋友，就讓我們一起為社會出一點力，盡一份公民責任，共同注重個人衞生吧！

總評及寫作建議

　　本文以説理為主，夾雜着自己對衞生重要性的見解。文章做到寫作前訂立之要求，首段利用警句入題，為整篇文章定下主要方向。第二、四及五段先後用「設問」及「反問」帶出問題及意見。寫作前訂下「多運用説明方法的能力」的要求，學生分別多次運用了「數字資料」及「舉例説明」兩種方法。內容鋪排尚算合理，能清楚表達重點，惜運用説明方法的技巧略嫌不足。

老師批改感想

　　最接近生活實際需要的文體，除實用文外可算是說明文，例如電器說明書。但學生卻不懂得寫一篇清晰而具見解的說明文。學生往往把自己的意見、資料一股腦地寫入文章，既欠缺條理，也缺乏具體理據支持。學生亦容易混淆說明文與議論文，因此寫作前應小心審題，依據全文的要旨，組織每段內容大意，幫助自己篩選材料之餘，還可以梳理文章思路。多寫作說明文亦可訓練學生的思維能力。

皮影人偶製作

年級：中二
作者：蔡怡萍
批改者：呂斌老師

設題原因

這是學生在學習完「說明單元」及親手製作了一個皮影人偶之後的習作，希望學生可以根據個人經驗，有條理地介紹其中的製作過程。

批改重點

1. 順序（步驟）說明的能力。

2. 詞彙運用的能力。

批改重點說明

1. 順序說明是寫作說明文的基本能力之一，尤其是對於操作事項而言，但現實中的步驟說明往往不夠細緻。本單元以此為學習重心，審視學生對這種能力的掌握。

2. 動詞的準確運用能清楚說明動作技巧，這是學生的難點之一，故以此作為審查重點。

批改正文

 範文　　　　　評語

　　眾所周知，皮影人偶是皮影戲中的靈魂，佔十分重要的地位，一個製作精美、栩栩如生的人偶足以令整齣戲生色不少。究竟皮影戲人偶是怎樣製作出來的呢？

　　在美術老師的指導下，我知道了製作皮影戲人偶的過程。下面就讓我根據個人的經驗，詳細介紹皮影戲人偶的製作步驟吧！

　　首先要準備好主要材料，包括硬膠片、剪刀或削紙刀、圖釘、專用顏料、透明玻璃線和小木棍，同時選定自己喜歡的劇目角色。

● 以「首先」作牽引，帶出以下八個步驟，每個步驟各成一段，條理清晰。

　　步驟二是開始構思皮影人偶的造型，然後在畫簿上勾勒出草圖。

● 「勾勒」一詞的運用形象化。

　　第三個步驟是再修正一下草稿，例如增加或刪除某些地方。

● 舉例說明。相對於多數同學運用的「修改」一詞，「修正」無疑更加準確。

修改完草稿後，第四個步驟便是設計皮影人偶上的活動關節，例如手臂與肩膀的交接處。我們的美術老師規定同學們要設定最少兩個活動關節。

第五個步驟是將草稿上的圖案描在硬膠片上，注意把已設定的活動關節位置分開繪畫，以便等下一步連接活動關節。

● 「描」字準確點出此步驟的特色。

第六個步驟是把人偶身體各部位一一剪下來，就像拆散機械人身上的一個個零件一樣。這個步驟是相當重要而且需要很小心的。因為若剪不好（例如左右腿不吻合）的話，在表演時，人偶就會出現肢體殘障，例如長短腳，亦難以協調。所以這一個步驟要小心處理。

● 運用比喻說明，形象地展示了這一步驟的特色。

第七個步驟是分別在活動的關節位置上鑽一個小孔，然後把相連接的部位用透明玻璃線綁成一體，這樣能

● 「鑽」、「綁」的運用，簡潔生動。

擺動的皮影人偶便初步完成了。

最後一個步驟，就是在活動的關 節位置綁上一根連接着硬鐵線的小木棍。你知道為甚麼要在活動關節上加上硬鐵線和小木棍嗎？那是因為在皮影戲表演時，握着這些小木棍便能操控皮影人偶了。完成這個步驟後，真正的皮影人偶便大功告成了。

● 「握」字運用恰當。

從以上介紹可見，製作一個皮影人偶的步驟相當繁複，所以在製作過程中要按部就班，不能操之過急，馬虎了事；同時，我們要保持集中，耐心地與組員合作，發揮團隊精神，這樣才能製作出一個完美的皮影戲人偶，為演出一場精彩的皮影戲做好準備。

總評及寫作建議

　　製作一個皮影戲人偶的步驟是頗為繁複的，這位同學卻能有條不紊地娓娓道來，各步驟的說明簡潔而清晰，令讀者幾乎可以依此說明親自動手做一個了。尤其值得讚賞的是，文中動詞的運用很準確，雖只是一個單字，卻已突出該動作的特色。

　　不過，本文的說明方法較單一，欠缺變化，建議加入其他的說明方法，例如比較法、引用法等。

我最喜愛的課外活動

年級：中二
作者：張永強
批改者：呂斌老師

設題原因

　　學生在「說明文單元」中學習了多種的說明方法，應該能加以辨別，但實際運用更為重要。另一方面，每個學生都至少參與一種課外活動，因此特設此題，希望學生可以運用所學的技巧介紹自己喜愛的課外活動。

批改重點

　　1. 說明方法的運用能力。（至少運用兩種說明方法）

　　2. 佈局謀篇的能力。

批改重點說明

　　1. 審查學生對說明方法的掌握。

　　2. 佈局謀篇是寫作的重要能力，因此希望不時提醒學生多加留意。

批改正文

 範文

評語

　　我校的課外活動種類很多，各式各樣，但基本上可以分成兩種類別：一是屬於靜態的活動，譬如象棋組、美術學會、手工藝組、家政學會、合唱團……；另一種是屬於動態的活動，譬如羽毛球組、田徑組、乒乓球組、彈網組、花式單車……，各有特色。我最喜愛的課外活動則是下象棋。

● 首段利用分類說明，介紹學校各種的課外活動。● 舉例說明。● 直接點題。● 段末過渡自然，帶出下文。

　　象棋是由棋子和棋盤所組成的遊戲。棋子分為：將（帥）、士（仕）、象（相）、車、馬、炮、兵（卒）；棋盤則由九條直線和十條橫線相交組成──直線通至橫五線處中斷，所形成之空間，稱為「河界」，河界上下兩方就是對弈者的地盤，稱「紅方」及「黑方」。另外，雙方橫一至三線和直四至六線處都劃以交叉線，稱為「九宮」。

● 定義說明。● 能以簡潔的語言給讀者一個粗略的概念。● 此處作者附以解說，直接清晰。

棋子依圖式放在橫、直線的交叉點上。

象棋的歷史非常悠久，在古代更是非常流行。據《說苑》記載：「雍門子周以琴見孟嘗君，曾說『足下……燕則鬥象棋而舞鄭女』。」可見當時已經很流行下棋了。

● 引用說明。

雖然象棋的玩法簡單，但戰術複雜多變，是一種講究思考和分析力的棋藝遊戲。在小學五年級我剛學會下象棋時，常常在學校找同學一起下棋。很快地，同學都不是我的對手，於是我就去其他地方找人下棋。可是，當時年齡相近的孩子會下棋的始終不多。升上中學，在選課外活動時，竟發現學校有象棋組，於是我就報名參加。

● 以下兩段用記敘的語言介紹自己喜歡上這一活動的過程。

在象棋組裏，我認識了一些志同道合的好友，我們常常在課後互相切磋棋藝。日子有功，經過這一年多，

● 結尾再次扣題。

我的棋藝早已更上一層樓，因此，我

更加喜歡象棋這種課外活動了。

總評及寫作建議

　　全文運用了多種說明方法，包括定義、分類、引用和舉例說明等等，恰到好處，由此可見學生已真正掌握本單元的學習重點。

　　在佈局謀篇上，本文在首段開門見山帶出主題，然後逐一介紹象棋的玩法、自己喜歡上象棋的過程，最後以「我更加喜歡象棋這種課外活動了」一句扣回主題，全文脈絡清晰，條理分明。

老師批改感想

　　學生在寫作說明文時，最容易犯的錯誤就是變成記敍文，因此，老師最好明確要求學生在文中運用所學（幾種）的說明方法，並且用鉛筆在作文紙的右邊空白處註明。這樣，學生就會有意地運用所學，同時，又可以顯示學生是否真正掌握各種說明方法，因為有時其運用的說明方法與右邊所註明的會出現不吻合的情況，老師審查起來也更方便。

　　另一方面，有時學生會為說明而說明，只堆砌各種說明方法，忽略全文的佈局謀篇，因此，老師宜在寫作前提醒學生多加留意，甚至把佈局謀篇的能力設為另一批改重點。

　　至於步驟說明，它是日常生活中最常運用的，學生容易犯的毛病除了不夠細緻外，還有一大問題，就是詞彙量少，未能用適當的書面語表達。在這種情況下，若有需要，老師宜適當地提供一些詞語幫助學生。

如何在校園推廣及實踐環境保護

年級：中四
作者：黃嘉琪
批改者：林廣輝老師

設題原因

　　本文為中四級寫作教學的課業練習，以考核學生寫作說明文的能力。

批改重點

　　1. 能清晰地闡釋事理。

　　2. 能運用合適的說理手法，表達主題。

批改重點說明

　　1. 能使讀者明白有關事理是寫作說明文的基本要求，學生要做到內容具體、條理清晰，才可成功解說事理。

　　2. 說理手法眾多，各有特點，要突出主題，學生要懂得選用恰當的方法。

批改正文

 範文 評語

隨着資訊科技愈來愈發達，地球的環境問題也愈來愈嚴重。溫室效應的出現、熱帶雨林的破壞，已令地球失去昔日的光彩，保護環境已是當前急務。要推行環保，有賴香港市民的一分一力，而學校也須教導學生，提高學生的環保意識。簡單而言，學校可以從「推廣」和「實踐」兩方面實行環保。

● 文章引入得當。● 回應題目，把內容劃分為「推廣」和「實踐」兩方面表達，條理更為分明。

學校怎樣推廣呢？首先，學校應該清晰地向學生講述環保的重要，讓學生了解推行環保工作的意義。假若學生連推行目的也不清楚，那麼說服力一定不強。學校也可以邀請一些環保組織，例如「地球之友」、「綠色力量」等，舉辦講座，透過他們專業的知識，幫助學生樹立正確的環保觀念。

● 先言「推廣」部分。舉出有關建議，有助推廣環保意識。

除此之外，校方可利用早會時間，進行有關環保活動的宣傳，並介紹學校推行的環保措施，以強化同學的環保意識。再者，學生會可舉辦環保袋設計比賽，優勝作品可以製作出來，派發給全校師生，這樣就可以提醒大家時刻需要注意環保。

● 繼續「推廣」部分。說明有關建議。

除了推廣，還有更重要的是實踐。我們首先由課室做起。雖然每一位學生都希望能在舒適的環境上課，可是學校應規定開啟冷氣的合適溫度。另外，老師平日棄置的紙張可以收集起來，放在廢紙回收箱，並施行廢物分類，於當眼的位置擺放回收箱。藍色的回收箱放廢紙，黃色的放鋁罐，啡色的放膠樽，千萬不要放錯。

● 轉入「實踐」部分。從具體例子指出學校如何實踐環保。

每間學校都有小賣部，小賣部的飯盒可改用膠盒，以循環再用，訂飯的學生可以自備餐具，減少廢物。學

● 能舉出方法，惟說明不足，以致主題的表達不夠明顯。

校可增加飲水器的數量，一來可節省
金錢，二來可減少使用膠樽。

　　推行環保，應先由學校開始。學　　│ ● 總結。
校如能協助學生建立環保意識及養成
良好的生活習慣，必能有助環保。所
以污染問題會否改善，實有賴師生的
共同努力。

總評及寫作建議

　　段落尚算分明，每段的重點也清晰。作者能舉出有關
例子說明，惟內容未夠充實，事理的闡釋也欠深入。作者雖
已分開「推廣」及「實踐」兩部分，惟兩者的定義可先作說
明，則後文內容的分類會更為清晰。文中可運用數字及比喻
說理，有助主題的表達。

閱報的好處

年級：中三
作者：馬丞欣
批改者：林廣輝老師

設題原因

　　本文為中三級寫作教學的課業練習，以考核學生寫作説明文的能力。

批改重點

　　1. 段落安排。

　　2. 能通過合適的手法，清楚地表達事理。

批改重點説明

　　1. 説明文講究條理清晰，能做到一段一個重心，讀者更易掌握文章要點。

　　2. 須通過合適的説理手法，才可解説清楚，令事理表達深刻，讀者易於明白。

批改正文

 範文　　　　　 評語

　　現在很多學校都建議學生閱報，我們的學校也要求我們訂閱報章。其實閱報有甚麼好處呢？

● 文章的引入，稍嫌平板一點，未必能引起讀者興趣。

　　我認為報章內容豐富，除了報道世界大事及社會動態之外，還有不少資訊，因此閱報能增進我們的知識，擴闊眼界。不閱報只會令我們的視野收窄，見識也會淺薄。所以，報章就如一個知識寶庫，學生可從報章上獲取多元化的知識，對我們的成長實在極有幫助。

● 論點明晰，並運用正反對照手法凸顯閱報的好處。● 比喻貼切。

　　報章上社評的內容、評論和意見都很具參考價值，有助我們分析事件，提高我們的思考能力。例如早前的「政改方案」，不同的人有不同的看法，報章也有不同的立場。通過這些評論，我們可以從多角度去思考問

● 舉例恰當，不同的社評對「政改」的意見確有助刺激思考。

題。現時不少學生都不懂思考，對時事的了解十分不足，因此閱報能令我們的思想更上一層樓。

另外，報章的編輯都擅長寫作，他們文筆精練，用字造句流暢準確，因此我們可以在報章上學習他們所用的手法，提高我們的寫作技巧。

● 説明不足，可舉出一些著名報人或專欄作家為例證。

現時每一份報章都有副刊，提供體育、娛樂以至生活消閒的信息，所以閱報也是一種娛樂。因此，閒時我也會閱讀報章，舒緩心情，消磨時間，確實是一項很好的消閒活動。

● 內容合理，惟申論不足，可清晰説出現時報章的豐富內容，以説明閱報是上佳的消閒活動。

其實，閱報的好處真的多不勝數，不但對我們的學習有幫助，也是很好的生活習慣，學校大力推動學生閱報，實在是用心良苦。

● 能呼應首段作總結。

總評及寫作建議

　　本文最大特點是段落分明，每段一個重點，共有六段，除首末兩段外，其他四段道出閱報的四項好處，讀者不難理解；首末兩段相互呼應，也令文章結構更為嚴謹。說理手法方面，作者雖有運用正反對照及舉例的方法，惟運用稍欠全面，以致個別論點的解說過於表面化，未夠深入。作者須着意深化事理，多舉例證，則文章內容會更為充實。

老師批改感想

　　不論說明事物或是闡釋道理，最基本的條件是學生本身對有關事理的認知程度。對事物欠缺觀察，自然表現不出事物的特質；對道理認識膚淺，自然難以深入解釋，令人明白。因此學生要寫好說明文，必須懂得觀察分析，掌握特點，才能做到內容充實、言之有物。

　　除了基本內容之外，學生需要懂得運用得當的說明手法。一般而言，學生對於舉例說明、引用說明的手法，掌握較佳，運用的情況較為普遍，惟對數據說明、對比說明等方法，則較少着意運用。

談談「男主外，女主內」

年級：中三
作者：徐天培
批改者：胡嘉碧老師

設題原因

學生完成說明文學習單元「安排合理的說明順序」，了解怎樣條理分明及層次清晰地進行說明或介紹。擬設本題目的，正是把「讀」與「寫」結合，讓學生運用所學，闡述事理。

批改重點

1. 順序說明的能力：時間順序。

2. 闡述事理的能力：有條不紊地安排說明重點。

批改重點說明

1. 時間順序是一種常見的說明順序，學生純熟掌握，可把事情說明得有條理，讓人看得清楚明白。

2. 學生容易犯上條理不清的毛病，故以此為批改重點，審查學生能否合理地組織說明重點。

批改正文

 範文 評語

「男主外，女主內」的想法合時宜嗎？現代社會男女兩性的社會地位平等，因此「男主外，女主內」已經不合時宜了。

● 先指出「現代社會」的男女地位平等，說明「男主外，女主內」的觀點不合時宜。

古時，人們務農為生，需大量體力勞動，而男性的體力較女性強，粗重工作自然就交給他們完成。而女性一般負責一些家庭雜務，如照顧小孩、洗衣服、燒飯等，於是慢慢就形成了男主外以維持家計，女主內以照料家庭的分工模式了。

● 先從古時的社會特質說明。

但是，隨着社會的發展，「男主外，女主內」的情況已產生了變化。現代家庭的經濟不一定由丈夫全權負責，家務也不需要妻子一力照顧。「男主外，女主內」的描述，似乎已經不再適合現今的社會了。

● 指出「社會的發展」是導致「男主外，女主內」觀念改變的主因，同時交代了「現代家庭」的情況。● 第二、三兩段運用了時間順序的手法，藉由古至今時代的轉變，說明「男主外，女主內」觀念的轉變。

造成轉變的原因，首先是女性接受教育的機會增加了。過往，女性接受教育並不普遍，因而社會上的高級職位往往都是由男性擔任。但是，現今的教育日漸普及，一些需要專業知識的工作，如醫生、工程師、律師等，也能夠由女性擔任。有些女性還能躋身社會其他崗位，如參與議會選舉，甚至競選總統，所以女性不一定要主內。

其次，兩性的社會地位日漸平等，某些工作已經不再受性別規限。一般人認為女性才適合做的工作，如護士、起居照顧員，甚至一些美容保健的工作，男性亦能夠勝任。至於小巴司機、大廈管理員、地盤工人等，一般是由男性主導的工作，也有女性擔當。因着工作機會增加，女性也不一定要主內呢！

● 一、以「造成轉變的原因」一句承上啟下，繼續探討「男主外，女主內」的話題。二、運用「序次語」——「首先」一詞，理清條目，再標出說明重點：「女性接受教育的機會增加了」，說明「男外女內」觀念轉變的第一個原因，綱領分明。

● 續用「序次語」——「其次」一詞，標出說明重點：「兩性的社會地位日漸平等」，說明「男外女內」觀念轉變的第二原因，條理清晰。

最後，當今女性的經濟能力獨立，不再依賴丈夫照料，因此女性可以在外工作，維持家計。現代社會生活逼人，或者需要夫婦兩人在外工作，「男主外，女主內」也不再是定律了。

其實男女各有特質和長處，男人可以做家務，照顧家庭；女人也可以在外工作，掙取金錢。所以，也可以說「男女皆可主內外」呢！

● 一、運用「序次語」──「最後」一詞，標出最後一個說明重點：「當今女性的經濟能力獨立」。二、段末「『男主外，女主內』也不再是定律了」一句，正好為上述三個說明重點作個小總結。

● 全文總結──再次肯定首段「男主外，女主內」的觀點不合時宜之餘，並提出新的看法：「男女皆可主內外。」

總評及寫作建議

在這篇文章中，作者以古今社會的發展變化組織材料，運用時間順序的說明手法，闡述個人對「男主外，女主內」乃不能與時並進的觀點，處理有條不紊。

此外，文章在結構安排上，亦可謂一目了然。作者善用「序次語」表述，並且以簡練的文句概括說明重點，而第四至六段，運用了「總─分─總」的結構模式，有助清楚羅列重點，闡釋事理。最後一段，以「男女各有特質和長處」轉折，不妨稍作修正，以求更圓潤自然。

學習的益處

年級：中三
作者：冼荇鑰
批改者：胡嘉碧老師

設題原因

學生完成説明文學習單元「採用恰當的方法」，掌握了常見的説明方法，如分類別、舉例子、引數據、作比較、設比喻、用擬人等。擬設本題目的，正是把「讀」與「寫」結合，讓學生運用所學，説明事理。

批改重點

1. 運用説明方法的能力：比喻法。
2. 闡釋事理：排比法、層遞法。

批改重點説明

1. 運用比喻説理，能使文章具體生動，故以此為批改重點，審視學生運用説明方法的能力。

2. 運用排比法、層遞法可加強説理效果的能力，故以此為批改重點，讓學生能掌握這種技巧。

批改正文

 範文 　　 評語

　　人，從出生開始，直至死亡前的一刻，都在學習。學習為的是求生存！在每個階段，人都需要學習不同的事：出生後學習吃、學習記認親人、學習説話和走路等；長大些要學習更多新知識、學習怎樣待人處事等等；再成熟點，就學習怎樣成家立室、怎樣建設社會……為的是要生存下去，延續人類的文明，而學習就是達成這個目標的過程。

● 文章首段連用了幾個結構相似的排比句式來説明以下觀點：「人，從出生開始，直至死亡前的一刻，都在學習。」這種句式反覆説明，有強調及加深印象的作用。

　　學習，就好像種樹一樣，樹長成了就可以保持水土，為人擋風雨、遮太陽；而在它的成長過程中，樹還會吸收二氧化碳，放出氧氣，淨化大自然的空氣，裨益人類！同時，人們也要付出勞力，為樹澆水，保護它，使它成長，這才會產生預期的效果。學

● 擬設比喻，説明無論是從樹木成長的過程或是從成長結果的角度看，學習就如同樹木成長一樣，都可從其中得到益處。這個比喻，以結果子作喻體，能具體而形象地讓讀者得知學習的成果如何。由於要配合比喻，所列的成

習亦然，我們必須在這過程中付出努力，要持之以恆，才能成長，吸取前人教訓，提高學歷，掌握多些技能，也能分辨善惡⋯⋯還可以培養各種能力，像勤力、毅力、忍耐力、專注力等，這些東西並不是唾手可得的。我們還可以認識新朋友、新事物，避免做井底之蛙！再者，從不斷的頭腦鍛煉中，也可提升我們的思維、邏輯、語文能力等，對我們一定有幫助！

在學習的過程中，已令人獲益不淺，何況業有所成！有人或許並不認同，以為自己在過程中沒得到甚麼，是個學不明白的失敗者。要知道人若能從失敗中看到自己的弱點、缺點，從而改善，那不才是最大、最好的得益嗎？

再從學習的目的看，人學有所

果雖略為細碎，但卻能給人豐富充實的感覺，產生獨特的語言效果。

成，自會得到一點益處。例如完成某些課程，它提升了我們的學歷，而獲發的證書，對繼續升學、找工作或晉升都有一定幫助！再看下去，個人的能力一定有所提高，生命更趨強壯成熟，能對社會作出貢獻。因此，學習是必須的。

● 運用層遞法，層層深入，分析學習的益處，加深讀者的印象。

總評及寫作建議

作者在文中以植樹設喻，說明學習就如樹木成長一樣，都可從其中得到益處，這樣的寫作手法較少見。運用比喻說明的寫作手法，能把抽象的道理具體化，更生動具體，語言活潑多變。這類題目，若運用舉例子、引數據的方法寫作，則會變得平實客觀，產生不同的語言表達效果。

此外，文章首段連用了幾個結構相似的排比句式來強調說明，指出人是終生學習的。這種手法，具極強的語言表現力，有助加強說明效果，使讀者印象深刻。末段運用層遞法，逐漸深入主題，既使內容豐富，表達效果也更突出。

老師批改感想

　　無論是教或學，若能做到「讀」與「寫」結合，那麼學生寫作說明文的能力，必定有所提升。

　　相信大部分老師都會認同，一般香港學生寫作說明文的能力較弱，有時甚至把說明文寫成託物言志的抒情文。他們未掌握說明文解說及闡明事理，具有知識性、科學性及客觀性的特質，更遑論把握說明的要點。他們應先學會運用適當的說明方法，揣摩語言運用的特點，層次清晰地說明事理。

　　這次選改的兩篇說明文，均配合單元教學，以「讀」配合「寫」。簡言之，學生精讀及略讀多篇說明文，以掌握相關的方法與技巧，再進行寫作，效果優良。就以「學習的益處」一題為例，學生除運用常見的舉例說明及數據說明，亦有運用比喻說明。顯然，「讀」「寫」結合能有效提升學生的寫作能力。

我最熟悉的一道家鄉菜餚的燒製方法

年級：中四
作者：梁美玲
批改者：孫錦輝老師

設題原因

此乃學生的作文練習，旨在鞏固其說明能力。

批改重點

1. 運用恰當的說明順序的能力。

2. 運用準確語言的能力。

批改重點說明

1.「言之有序」是說明文的主要特點之一，學生要因應事物的不同而運用不同的說明順序。

2. 準確性是說明文語言的最突出的特點，因此學會掌握準確的語言是寫作說明文的重要條件之一。

批改正文

 範文　　　　　　　　　 評語

範文	評語
說起我的家鄉菜餚，可真是多不勝數，例如西紅柿炒蛋、茄子炒鹹	● 以時間為順序進行說明，是介紹製作過程的常用手法。這篇

魚、肉絲炒蘿蔔、燒肉蒸雞蛋、土豆煮雞翅膀……其中我最熟悉的便是燒肉蒸雞蛋。

蒸蛋，聽起來好像很簡單，但事實上要做出好吃的蒸蛋可真是一件不容易的事！

首先，要準備好材料，包括鮮雞蛋、切碎的燒肉和剪碎的蔥花。在準備用料的同時，應生火煮開水，<u>這樣可以節省時間</u>，等拌好蛋汁時，水也差不多煮開，就可以把蛋汁放下鍋裏蒸了。煮的水要把放下去蒸魚的飯叉剛剛浸沒，<u>這樣就可以快點把蛋汁蒸熟。</u>

接着，是把蛋打開來放進一個比較大的碗裏，<u>這樣可以避免拌蛋時蛋汁濺出來</u>。然後把燒肉、三分之二的蔥花以及大約是蛋汁分量兩倍的水和適量的鹽油放下去一起攪拌。攪拌的時間因分量而定，但必須把蛋汁攪拌

文章亦不例外，作者介紹「燒製方法」，以上述結構為主，亦兼採其他結構方式（邏輯結構－因果式），補充說明步驟背後的理由。（見以下劃有底線的文字）

● 未有交代這個示範中材料的具體分量，降低了內容的參考價值。● 概念未能準確表述：「燒肉」尚有肥瘦之分，二者差異頗大。

● 基於上文未有說明具體數字，「三分之二的蔥花」便成了不帶說明功能的語句。● 「適量的鹽」、「適量的生粉」可謂語焉不詳。

得產生許多氣泡才可以。下的水不可太多，但也不可太少。水太多，蒸出來的蛋會變得水汪汪，像個大水泡，吃不到真正的蛋味。假如不慎放水太多，可加適量的生粉去調和。水太少，蛋會變得粗糙而不嫩滑。攪拌好蛋汁之後，就要把蛋汁倒進一個大盤子裏，用鋼盤子則更好，這樣一來，蛋汁的受熱情況會更理想，熟得快而且更嫩滑。

接着就是最重要的一個步驟——下鍋蒸。蛋一定要在水完全煮開後才能放下去蒸，這和蒸魚一樣，為的是不讓蛋吸收過多的水蒸氣而變得粗糙。蒸魚時，在水沒有完全煮開前放下去，魚便會吸收過多水蒸氣而失去本身的鮮味，魚肉也不夠結實。蒸蛋的時間大約是八至十分鐘，但也是因分量而定，一般三至四隻蛋蒸八至十

● 為步驟標出確切名稱，值得一讀。可惜這種做法未能貫徹全文。● 「蛋一定要在水完全煮開後才能放下去蒸」一句語意清晰，若去掉「完全」二字，就可能產生含混。● 這段的數量限定相當準確（例如「一般三至四隻蛋蒸八至十分鐘已經很足夠」、「每隔兩分鐘便掀開蓋子一次」），給讀者明確的觀念。

分鐘已經很足夠。<u>蛋蒸得太久會變得</u>
<u>粗糙，時間短則未熟。</u>在蒸蛋時要每
隔兩分鐘便掀開蓋子一次，讓附在蛋
表面的水蒸氣散去，使蛋蒸出來更加
嫩滑而有彈性。最後把剩下的蔥花撒
在蛋上，這樣蔥花便不會因被蒸太久
而變黃，到完成時仍能保持翠綠，蛋
不但好味道，而且好看。

　　最後，就是把蛋從鍋裏拿出來。
要先拿了蛋出來，再關火，這樣蛋可
以更好地保持嫩滑，蔥花的翠綠亦會
保持得更好。就是這樣，一道美味的
燒肉蒸蛋便大功告成了！

總評及寫作建議

　　這篇文章屬於述說性說明文（也稱程序性說明文），一般而言都須依據時間順序進行說明。但說明順序，不是固定的，還需要根據說明事物的特點靈活運用。本文旨在說明某道菜餚的製作方法，但作者並未囿於僅用時間順序，反而配合其他的說明順序（邏輯順序）綜合運用，帶出工序以外須注意的事項。

　　準確是說明文語言的第一要素，包括三個方面：概念準確、語意明確、數量限定要準確。以此三項標準檢視本文，作者於文章起首時稍有疏忽，在概念及數量限定兩方面未盡準確，尚有改善的空間。

保護環境

年級：中四
作者：林婉儀
批改者：孫錦輝老師

設題原因

本文乃作者的自由寫作，題目為事後另擬。

批改重點

1. 運用說明方法的能力。

2. 闡釋事理的能力。

批改重點說明

1. 本文旨在向讀者闡說事理，故考查作者能否善用說明方法，將概念具體地呈現。

2. 說明文具有傳播知識的功能。本文題為「保護環境」，所以要求說明必須具嚴密的科學性。

批改正文

範文 　　　　評語

　　對於「保護環境」這四個字，大家應該感到非常熟悉吧。「保護環境」是指減少污染、美化環境和讓身邊的環境免受破壞。

　　我們為甚麼要保護環境呢？原因如下：

　　污染問題：我們生活的環境受到了污染。工廠和汽車排放出的廢氣，使空氣環境受到了嚴重的污染。工廠和家居所排放的污水，大多未經處理便直接排入河流和溪澗，這不僅影響了人類的食水，還滅絕了海港內的海洋生物。

● 運用了舉例說明，列舉典型例子來說明「生活的環境受到了污染」。● 引用的例子應切合讀者的生活環境，但有關污水處理的例子不符合香港的實況，直接影響讀者的認同感。

　　資源有限：人類進行了許多破壞大自然的活動。人們不停地斫伐樹木，使現今的樹木數量大大減少。由於這原因，容易導致洪水泛濫，同

● 如能運用具體數字說明情況，必有助讀者更深刻地感受到問題的嚴重。● 引用的事例，如「沙漠化」、「物種瀕危」未能對應小標題「資源有限」。

時，現在正面臨沙漠化加劇，熱帶雨林逐漸消失。另外，動物如熊貓因缺少了棲身的地方而面臨絕種。人類不斷地開採原油去促進科技的進步和經濟的發展，但這些原料終有一天會耗盡的。

「保護環境，人人有責。」其實保護環境很簡單，只要從自己本分做起就可以了。

首先，我們應該戒掉浪費的習慣，要好好地珍惜資源，減少廢物。每天洗澡減少用水量，不要以水為樂，應把水多用途地使用；儘早修理漏水的水喉；不用熱水時，緊記關掉熱水爐。我們也應該正確地使用電器，離開房間時關掉電燈、冷氣機、

● 以下三段是說明保護環境的具體方法，分別從「珍惜能源」、「減少廢物」及「加強意識」作分類說明，立意良佳。同時，強調「從自己本分做起」，使下文所有建議皆僅從「個人」出發，不至尾大不掉。
● 本段尚可再把說明的對象「珍惜能源」劃分成不同類別（如用水、電、石油），一類一類地加以說明。如今的處理則流於「碎碎唸」。

電暖爐等電器用品和儘量減少開燈。
使用私家車的人，應採用無鉛汽油，
配合催化變換器，以減少空氣污染；
調校好汽車的引擎，以免多耗燃料，
污染環境；儘可能使用公共交通工
具，既可節省金錢，又可節省燃油。

　　再者，我們應大力地響應支持循
環使用和廢物回收。我們應該節約用
紙，將廢紙與其他廢物分開棄置，方
便循環再造；改用手帕代替紙巾；減
少使用膠袋，改用耐用的購物袋或購
物籃。

　　此外，我們應加強本身的保護環
境的意識，多參與有關環境保護的活
動，積極參加保護環境的義務工作。
例如參與植樹，為大自然增添更多的
新綠，為我們建立一個良好的居住環
境，為動植物提供更多棲息的地方。

　　我們絕對不能讓環境不斷惡化，

每個人必須各盡本分去保護環境，只
要大家齊心協力，我們就可以在一個
更愉快、清潔和健康的環境中生活。

總評及寫作建議

　　這篇文章屬於闡釋性說明文，總的來說，作者能抓住事理的關鍵，把事理說得清楚明白。惟作者對事物（有關環保的概念）的認識尚未透徹，第四段的文病由是產生。故凡撰寫說明文之先，必須對事物本身有清晰的認識。

　　至於本文所運用的說明方法，作者嘗試運用常見的手法如舉例子、分類別，但效果未盡理想。其實這篇文章科普性強，應善用「列數字」之法，讓讀者印象更具體、深刻。

老師批改感想

　　學生寫作說明文，常犯上兩類毛病：一、想當然。在說明事物之時，對於自己了然於胸的資料信息，錯誤地預期讀者會有相當程度的了解，結果應該詳細說明的地方，往往略而不談；二、對題材的認知不足。在寫作說明文時，未能深入掌握事物的特徵，或因觀察欠仔細，或因未有使用有關的間接材料，最終影響到文章的準確度及說服力。

一箭穿心分手館

年級：中二
作者：賴文靜
批改者：袁國明老師

設題原因

　　本文乃學生自由創作的作品，文體為說明文，題目為介紹一家有特色的展覽館。中二學生一般已掌握寫作不同文體的能力，學生可以根據過往學過的寫作方法寫作文章。

批改重點

　　1. 創意。

　　2. 謀篇佈局。

批改重點說明

　　1. 主要針對文章的奇特想象，文題是要求學生介紹一家有特色的展覽館，作者便從「特色」入手，聯繫她身邊同學的戀愛經歷和故事，加上作者豐富的想象力，傾注入說明文的骨架當中，突出作者非凡的創意。

　　2. 謀篇佈局主要是集中批改說明文的結構，特別是「總—分—總」的基本模式。說明文一向是各種文體中，結構最有組織和系統的。故此較其他文體較易掌握，而「總—分—總」式結構也是說明文中較易掌握的。不過，結構並

不是唯一影響文章質素的因素，藉着是次練習可見一篇結構
簡單但內容精奇的説明文。

批改正文

範文 　　評語

範文	評語
分手，是每個人必經的階段，當你失戀時想去哪兒？我就想去一處令人忘情的地方——一箭穿心分手館。	● 起句頗耐人尋味，別樹一格，與一般説明文的開頭，有很大分別。以「分手」起句，驟似抒情文，但作者從「分手」帶出「分手館」，正好從抒情急轉到説明，使讀者有意外之感。
這個分手館裏總共分為五個場館，分別是「痛哭梯」、「過去椅」、「忘情灘」、「甩拖館」、「淚茶鋪」。而每一個場館都是精心炮製，都是教你忘卻舊愛，因而得到廣大失戀朋友的歡迎。	● 這裏運用「總─分─總」結構，先總説「分手館」的特色，然後再分説「分手館」中各個場館。
如要説一處最受歡迎的場館，莫過於「痛哭梯」，因這條梯是凹凸不平的，而且陡峭異常，每走一步都是	● 分説「痛哭梯」場館的特色。

千辛萬苦，正好教導了那些傷心的人們愛戀這條路是不易走的，一步走錯了，便萬劫不復。正如古語有云：「一子錯，滿盤皆落索。」

「過去椅」其實是一個挺好的選擇，因坐上「過去椅」，你心中的舊愛會一一湧現眼前，不過影像又如煙般一瞬即逝，讓你明白一切都已成過去，不要再沉迷在自製的虛幻之中。

● 分說「過去椅」場館的特色。

「忘情灘」是特別為一些愛浪漫的人而設的，因愛浪漫的人喜歡在沙灘漫步。不過，這個灘不是讓你繼續浪漫，而是每走一步，你就忘卻了一小段浪漫回憶，直至走完為止。

● 分說「忘情灘」場館的特色。

「甩拖館」，顧名思義是一些男女朋友分開了，分手後不知何去何從。這裏正是一處回味勝地。不過只可回味，但不要沉迷。分手的痛，總會隨時間而消逝。

● 分說「甩拖館」場館的特色。

最後介紹的是「淚茶鋪」。甚麼是「淚茶」？其實是說失戀的人終日淚如茶淌下，倒不如喝了它，把一切都結束。喝下「淚茶鋪」的淚茶，好像喝盡自己的淚，一切都會重新開始。「淚茶鋪」還備有多款「淚茶」，可供不同口味的人選擇。

● 分說「淚茶鋪」場館的特色。

各位失戀的朋友，一箭穿心分手館的門永遠為你們打開，但希望你們沒有這個機會走進來。在此祝福各位永遠幸福快樂，不要在這裏見面。

● 最後，再次總說「分手館」的功能。

總評及寫作建議

從內容上看，說明文一向給人一種好像「實用文」的感覺。不單在各種文體中篇章結構最科學，而且內容也是「如實說」，可以說與創意拉不上關係。本文的寫作要求是要運用說明手法介紹一個展覽館，表面上與一般的說明文沒有多大不同，但是作者運用豐富的想象力，把這家展覽館塑造成一處專供失戀人士忘情的地方。無論是場館的名稱，還是場館的功能，都來源於作者天馬行空的想象。但是，從場館的名稱中卻又有迹可尋。本文突出的地方，是把豐富的想象力

注入說明文嚴整的結構中。雖然與一般的說明文相比有點「另類」，但創作貴乎想象，大概不會影響文章的可觀性。

從結構上看，一般說來，說明文都是採用開頭總說，中間分步解說，結尾歸納的「總─分─總」的基本模式。中間部分是文章的主體，主體部分的結構，根據說明的先後順序，大體上可分為縱式和橫式兩種。縱式也就是層遞式，如事物的結構、形態、歷史演變等內容都是層層遞進的。而功能、用途、品種、習性、價值等內容往往是並列的，也就是橫式，可以一個方面說完，再說另一方面。本文的結構是屬於「總─分─總」的橫式結構。第一段總說「分手館」的概況；然後各段分說各場館的情況，各場館在結構上是並列的；最後再總說「分手館」。整篇文章仍然是嚴守說明文結構的法度，惟末段過於簡略，未能起「總」的功能。

怎樣才算不枉此生

年級：中六
作者：黃詠施
批改者：袁國明老師

設題原因

本文乃學生自由創作的作品，文體為說明文。學生一般都能掌握說明方法，但說理說明文一般都較難把道理說得清楚明晰。

批改重點

1. 定義說明。
2. 舉例說明。

批改重點說明

說明方法一般可分為定義說明、分類說明、舉例說明、比較說明、比喻說明、數字說明等，而最為常用的有定義說明和舉例說明。

定義說明就是用簡練、準確、科學的語言，概括地介紹出事物的本質特徵的方法。下定義的時候，可以根據說明的目的需要，從不同角度考慮：有的着重說明特徵，有的說明作用，有的從事物的成因上來說明。

舉例說明就是舉出有代表性的實例來說明事物或事例。

它的好處是能把比較抽象和複雜的事物說得具體而明確。藉着是次練習，希望可以提升學生掌握這兩種最為常用的說明方法的能力。

批改正文

 範文　　　　　　　　　 評語

　　人生，很多時候總會有些遺憾。你遺憾沒有把事情做到最好，你遺憾沒有早年達成目標。當然，我們都希望人生中沒有遺憾，這樣才算不枉此生。何謂「不枉此生」，就是在有限的人生中活得沒有遺憾，不枉費；又或是盡自己的能力，活得精彩。但「不枉此生」的着眼點是結果，還是過程？

● 定義說明：此定義下得略嫌簡單，未能突出其特性。

　　陳之藩在〈釣勝於魚〉中，就談到一位在「哥大」（哥倫比亞大學）教書的銀髮老教授。他在暑假期間的每一天都到湖裏垂釣，但總是帶着幾本書登上小船，馬達照例不開，每天扁

● 舉例說明：事例（一）典型舉例。此例取自教科書，具典型和強大的說服力。

舟垂釣，竟日方歸，最多能釣上一兩條二三吋長的小魚。可是，他並不計較，並自嘲：「我是為釣，不是為魚。」顯然，「釣」是過程，「魚」是成果。陳之藩指出一般人的「釣」，目的在「漁穫」，而不在「釣」，更遑論享受「釣」的過程。他十分推許「能夠欣賞釣，而不計較魚」，因為這樣「會使一個人快樂，使一個團體健康，使一個社會成功的」。

他跟着引另一個「釣勝於魚」的例子。科學家勞倫斯用上多年時間研究出原子衝擊器，但他只醉心於研究的過程。有人說，他要申請專利，要比瓦特發的財大，但他只笑了笑，好像是說有那個申請專利的工夫，還不如多衝擊幾種原子呢。能夠欣賞過程是快樂的，也是樂趣的所在。

● 事例（二）。此例亦取自〈釣勝於魚〉，雖易懂易明，但略嫌重複，宜取其他經典。

考試前，心裏總是想着名列前茅，而沒有踏實專注溫習的過程。結果，沒有意外，成績當然不理想。換一換想法，有時不要過分強調收穫，多享受耕耘的過程，往往能有意外收穫。縱然收穫不大理想，也可從過程中學習。

● 事例（三）生活例子。此例乃生活經歷，易生共鳴，但只是泛泛而談過程，至於過程中有甚麼收穫則略欠具體的交代。

人生要有抱負有目標，努力不懈地向着標桿邁步，享受過程的苦與樂。過程，是完成目標必經的歷程，當中你會經歷學習、挫折以及成長。有了這些東西，生命才充實、動人而不枉此生。

● 總結：首尾呼應。最後的結句有力，能重申題旨，加強感染力。

總評及寫作建議

先談談下定義要注意的地方：一、下定義不能用比喻句和否定句，一般為陳述判斷句；二、下定義時，應認識清楚說明物件的屬性，找出說明物件的特點，把它跟其他易於混淆的說明物件區別開來；三、下定義時，還要做到語言簡潔、明瞭，用最精練的語言準確地表達出事物的確定意義。

以本文為例，對「不枉此生」下的定義較能符合第一及第三點的要求，但對於第二點要求，則稍欠清晰，未能突出「不枉」的特殊性和特點。下這個定義對全文說明，有着關鍵影響。甚麼是「不枉此生」？實在人言人殊。如果未能在說理前下一個具體的定義，那麼下文的說明就變得不着邊際和無的放矢。或許可以同時下一個相反的定義，例如怎樣才算枉過一生。這樣透過正反兩面的定義，就能突出「不枉此生」在本文的「操作性」定義。最後，作者以提問（「不枉此生」的着眼點是在結果，還是過程？）設置懸念，引起讀者追看下文。

　　舉例方面，必須要求舉出的例子具代表性，能充分說明要說的問題，這就是所謂「典型舉例」。本文所舉之例，主要取自陳之藩〈釣勝於魚〉一文，此文為說明文體中的經典美文。文中的例子亦早已家喻戶曉，堪稱典範。故此，此文引用例子典型，且緊扣主旨。最後還加上了自己的生活例子，不但有親切感，更可加強說服力。作為一篇說理的說明文，本文處理例子的安排顯見心思。一個例子來自經典，一個例子來自生活。道理的說明可以是透過學者的洞見，也可以是不辯自明的生活智慧。

老師批改感想

　　說明文在各類文體中屬於一個龐大家族，大概可分為實物說明文、程序說明文和事理說明文三大類。

　　一般學生都有誤解，以為寫說明文較其他文體為易，這實在是大錯特錯。據馬正平先生指出：說明文是一種很難寫作的文章類型。因為它既不抒情，也不敍事，更不論理。而情、理、事都是自己感到、想到、看到的東西，存在於自己的心中，它們是現成的，比較鮮明，易於把握。而說明文是介紹、解說事物的特徵（如形狀、構造、特徵、功能、用途、歷史、事理、程序），然而「特徵」不是現成的，需要作者去分析、比較和了解，當中有不少困難要逐一克服，其難度不在敍事、描寫和議論之下。相反，有過之而無不及。

　　此外，說明文需要高度的研究和解說的寫作能力。要把一個自己清楚明白的東西，通過文字讓讀者同樣達到清楚明白，實在絕非易事。

　　要寫好說明文，有三個要點：

　　第一，必須先把握被說明事物的「特徵」，就是

透過比較和變換角度、變換時機，從而發現某一事物的特徵 —— 形狀、結構、性質、功能、用途、事理等。

第二，安排好說明的順序。以實物說明文為例，主要是運用空間順序，其順序是「由 …… 到 …… 」；程序說明文則主要是運用時間順序，其順序是「首先—其次—然後—接着—最後」；最後，事理說明文主要是運用邏輯順序，其順序是「怎麼樣—為甚麼」。

第三，運用適切的說明方法。說明方法包括打比方、列數字、下定義、做詮釋、分類別、舉例子等。但要恰當使用方法，就需要充分掌握各種方法的特性和文章的類型。例如一篇科普的說明文，可能要下定義、列數字；相反，如果是要介紹一個思想流派，則可能除了下定義外，更需要做詮釋等等。掌握了死方法還不夠，最重要還是如何相體裁衣，用最適切的方法說明要說明的重點。

最後，還是老生常談，無論要用甚麼文體寫作，最重要就是先要細心觀察，看得清楚才能寫出要寫之事物的神髓。如果有興趣，我建議看看馬正平編著的《中學寫作教學新思維》（北京：中國人民大學出版社，2003 年）。

蜘蛛

年級：中三
作者：鍾偉康
批改者：袁漢基老師

設題原因

同學一般忽視說明的手法及能力，以為說明文易作易寫，故設此題考驗同學說明事物的能力。

批改重點

1. 同學能清楚而具體地交代說明對象。

2. 同學能運用多樣的技巧手法說明對象。

批改重點說明

1. 同學寫說明文，往往自覺清楚明白，但讀者卻不明所以。故本題要求同學能清楚而具體地交代說明對象。

2. 同學寫說明文，其實可利用多樣的手法說明主題或對象，如比喻說明、對比說明、舉例說明、數據說明等方法。故本題要求同學能運用多樣的技巧手法說明對象，表達主題。

批改正文

範文 　　　評語

　　蜘蛛，我想大家可能會把牠當成害蟲，因為牠們樣子醜陋，四處在人們的雜物當中爬行，似乎不為人類帶來甚麼好處。但我卻希望像牠們一樣，學習牠們的本領和不屈不撓的精神，因為我的處事方式一點也不正確，做事只會馬馬虎虎，學習也不用心。

　　蜘蛛的本領和不屈不撓的精神都很了得。蜘蛛擅長織網，不需數小時便能織出一個細密、整齊、美觀、堅韌的網，所以有人說牠們是自然界偉大的建築師。蜘蛛絲原本是液狀的蛋白質，一遇到空氣便會硬化，非常堅韌。它既適合用來做盔甲，也可用於醫療的縫合，用途極廣。用蜘蛛絲織出來的網，就是牠們棲息及捕獵的地

● 從反面落筆，說明一般人對蜘蛛的負面印象或看法。其後點出自己欣賞蜘蛛的地方，就是牠的能力和不屈不撓的精神。本段特色在於它未有像一般說明文在開篇時對說明對象作正面的知識性的介紹，而結尾更以自己為反面例子凸顯說明的對象，可謂別開生面。

● 說明蜘蛛的能力及不屈不撓的精神，具體簡明，知識性強，充分表現出說明文的特色。結尾再以自己為反面例子，一方面自勉，一方面凸顯說明對象的特質，可以說是同時運用了舉例及對比說明的手法。

方。蜘蛛是一種不屈不撓的昆蟲，因為牠們的家如果被人破壞了，牠們並不會因為怕麻煩而放棄，反而會在挫折中吸取教訓，承認自己的錯誤，把自己的家建得更穩固。反觀自己，如果我的功課被老師發回重做，我一定不會再交給他，因為我是一個不願接受挫折的人，不會為自己的錯誤承擔責任。因此，我必須學習蜘蛛的本領和不屈不撓的精神，用心用力，持之以恆地學習。

我認為我們應該學習蜘蛛的本領和不屈不撓的精神，大不了轉換一個新的環境重新學習，不應放棄自己，應做一個像蜘蛛一樣不怕接受挫折的人、一個有用的人。

● 重申蜘蛛不屈不撓的精神及再造能力，呼籲人們要學習蜘蛛的精神，不懼挫折，做個有用的人。

總評及寫作建議

　　本文以蜘蛛為說明對象，對蜘蛛的能力及不屈不撓的精神，作出簡明而具體的說明。文章知識性頗強，又能以作者自己個性行為上的弱點作反面例子，凸顯了說明對象的特質，增加了內容的真實感和說服力，對表達主題頗有幫助。至於手法上，雖然未能做到多樣化，但同時運用了舉例及對比說明技巧，亦算自然親切。

　　此外，值得注意的是，一般而言，說明文應對說明的對象有清楚明白的介紹或交代。就本文而論，同學未有對蜘蛛的外貌、結構等情況加以說明，這是否一個缺失呢？或者同學可以先細想以下的問題：蜘蛛作為本文的說明對象，牠的常見程度是否達到了不用介紹或解說上述資料的地步呢？上述的介紹或解說是否對表達文章的主題有幫助呢？正確地回答這些問題後，或者可以幫助我們作出合理的選擇取捨。

我所知道的仙人掌

年級：中三
作者：文佐德
批改者：袁漢基老師

設題原因

教畢「借物說理」的單元，故設題讓同學鞏固所學。

批改重點

1. 說明物件特質的能力。

2. 借助物件說明事理的能力。

批改重點說明

1. 說明物件的本質、特徵，似易實難，因此學生每每疏於練習而成果卻又距離理想甚遠。故老師於本題就此作重點批改，以審視學生對這種能力的掌握。

2. 審查學生借助物件說明事理的能力。

批改正文

 範文 　　評語

　　長久以來，沙漠都被人們認為是荒蕪的地方，動植物也難以生存；惟獨一種植物可以在這一片炎熱、乾燥的地方苗壯地生存，它就是仙人掌。

● 本文以仙人掌為説明對象。先從描述宏觀環境入手，帶出本文的説明對象——仙人掌及其生存環境的特點。

　　仙人掌在人們的眼中，一般都是不受注意的，不過它的生存方法，實在太值得我們學習了。它們在沙漠中存活的方法是利用自己特殊的構造，為自己貯存好水分，而且有效地防止脱水。除此之外，它們還能改善沙漠的生態，防止沙漠的環境持續惡化。它像一座水塔，為沙漠奉獻了水分，也像一個外表平凡、但意志堅強、願意作出無私奉獻的人。

● 説明仙人掌能在沙漠中生存的原因及其對環境的貢獻，尚算簡明具體。最後，更藉此而引申説明仙人掌就像一些平凡而有用的貢獻者。

　　上述只是人類應向仙人掌學習的很少部分而已，人類應向它學習的地方還多着呢！除了上文提及的，它能

● 承接第二段，進一步説明仙人掌開花的情況，藉此肯定那些經努力後得到成果，但卻不計較別人注意

夠在沙漠生存及改善環境外，成熟了的仙人掌，是會長出花來的。它的花並不鮮豔奪目、香氣撲鼻；相反，仙人掌長出來的花多不受注目，也沒有香氣。這就像一個人經過努力奮鬥之後獲得成果，雖然不一定受人注意，但卻也沒有因此而自大或自卑起來。

與否，也不自大或自卑的特質。第二、三兩段充分表現了同學借物說理的能力。

其實，仙人掌的特性，如上文提及的，都是人類值得學習的，希望會有更多人注意仙人掌的長處，以它為榜樣，並明白一個人無論外表怎樣，都不重要，只要他能像仙人掌般努力奮鬥，不為成功而得意起來，而是意志堅定，甚至能作出無私奉獻便可以了。仙人掌，我們為你的精神而驕傲！

● 總結仙人掌的特質和優點，說明人們不應偏重外貌，而要學習其努力奮鬥和無私奉獻等精神。

總評及寫作建議

　　本文的説明對象是仙人掌。同學從生存環境、生存方法及生存形式等説明仙人掌的本質特徵，能給讀者有關描寫對象的梗概。其中的説明算是簡明具體。不但如此，同學更進一步，借助仙人掌的本質特徵，引申説明其與人類相似相關的特質，如努力奮鬥和無私奉獻等精神，藉此呼籲人類應向仙人掌學習。文章的信息健康正面，就此觀之，同學已做到了借物説理的地步。

　　然而，同學有些地方還是值得注意的。同學雖然能從生存環境、方法及形式等説明仙人掌的本質特徵，但似乎未夠全面及深入展示當中情況。例如寫仙人掌能貯水，卻沒有清楚交代相關的構造及方法，故此似未能給讀者全面而深刻的認識，對表達主題略有影響。不過，以一般中三同學的程度來衡量，本文的內容及字數已經屬於水平以上之作了。

老師批改感想

　　其實，小至烹調方便麵的說明書，大至國家的法律條文，都屬於說明文。因此可以說，說明文的應用範圍極廣，我們不可忽視它。至於說明文的寫作，看似容易，實非容易。同學寫作說明文時的流弊，往往是自覺對說明對象寫得清楚明白，但讀者卻不明所以。如何避免這個流弊呢？我建議同學首先要熟悉說明的對象，查找準確的資料，再構思組織，選擇取捨，最後用簡潔具體的文字表達出來。同學可以參考秦牧的〈蜜蜂的讚美〉及韓愈的〈馬說〉。

節約用水的方法

年級：中四
作者：劉家敏
批改者：郭兆輝老師

設題原因

配合〈以畫為喻〉的讀文教學，讓學生認識及掌握比喻說明及舉例說明的寫作方法。

批改重點

1. 運用比喻說明、數據說明及舉例說明的方法，說明節約用水的重要性及方法。

2. 以並列順序手法說明各種節約用水的方法。

批改重點說明

1. 檢視學生能否掌握比喻說明、數據說明及舉例說明的方法。

2. 並列順序的形式有助於區別和突出各種節約用水的方法，使說明的內容有條不紊。

批改正文

範文　評語

水資源是一個重要的問題，如果香港人口不斷增加，但水資源又不能同步發展的話，便一定會出現缺水的問題。由於現今社會繁榮富裕，人們的用水量日益倍增，在家居方面，如洗澡、洗衣服、洗碗；在商業方面，如飲食業、服務業及漂染工業。但現今的人總是不珍惜用水的，他們好像認為水是用之不竭的，排水或沖水時，彷彿如瀑布一樣瀉下，可見香港人的用水量十分驚人。

近年來，市民用水量日益增加：在一九九一年，淡水的全年耗水量約八十三點五八百萬立方米；而二零零三年，約為九十三點一五百萬立方米。在這十二年來，耗水量已經上升了這麼多，若我們再不節約用水的

● 舉例説明香港人用水倍增，恰當運用比喻説明形容人們排水或沖水時的浪費程度，但未能全面反映香港人整體耗費用水的厲害情況。

● 引用數據説明香港人近十年來的耗水量激增恰當，加強説服力。

話，相信不久的將來，我們會把水用乾的。

既然是這樣，我們就應該珍惜食水，包括家居、工業及政府方面。那麼我們怎樣才能節約用水呢？

● 運用並列順序方法從家居、工業及政府等方面，說明節約用水的方法，凸顯了各方面厲行節約用水方法都是同樣重要的。

在家居方面，不要長開水龍頭洗手、洗濯衣服和洗菜；用花灑淋浴代替浴缸洗澡，這樣會節省用水量達八成之多；用過的水要循環再用，如清洗米粒和菜的水可以再用來洗地和淋花；使用洗衣機時，要集齊衣物一次性清洗；為免浪費食水，滴漏的水龍頭應立刻修理；教育子女勿拿食水來嬉戲。

● 運用舉例說明家居節約用水的方法，讓人一目了然。

在工業方面，採用能夠節省用水的生產方法及器械；儘量降低水壓；儘量將食水循環使用，如用冷凝法將蒸氣再度使用；供水系統在夜間及假

● 運用舉例說明恰當，讓人清楚了解工業界節約用水的具體方法。

期應予關閉。

在政府方面，除可立法徵收食肆排污費外，也應該直接向市民，特別是年輕一代，灌輸珍惜用水的概念，如利用海報等宣傳媒介教導市民。這樣，我們才懂得節約用水，使下一代有美好的環境。

● 運用舉例清楚說明政府教育市民節約用水的方法。

總而言之，如果我們再不好好節約和珍惜用水，便會對我們日常生活產生極大影響，甚至有生命威脅，所以我們必須努力實行節約用水。

總評及寫作建議

學生運用比喻、數據及舉例等方法，說明節約用水的重要性及方法都十分成功。援引數據充分說明節約用水的必要，從而帶出下文細談節約用水的具體方法。文章多處運用的例子都簡單明白，能夠說明主題，使讀者容易理解節約用水的做法。此外，學生用並列順序的形式來突出各種節約用水的方法，使說明的主要內容有條不紊。事實上，整篇文章的脈絡分明，條理清晰。倘再用比喻說明香港人整體耗費用水的厲害情況，文章會更臻完美。

大埔香港回歸紀念塔

年級：中四
作者：蔡政希
批改者：郭兆輝老師

設題原因

為鼓勵學生參加大埔區議會舉辦的「大埔勝景遊」徵文比賽，故擬設說明文寫作練習，介紹大埔香港回歸紀念塔。

批改重點

1. 細緻觀察。

2. 運用空間順序及比較說明的方法，介紹回歸塔的形狀、結構和佈局。

批改重點說明

1. 介紹一個名勝景觀，除了搜集有關資料外，更要透過細心的觀察，選取恰當的資料，介紹景觀的特點，故審視學生的觀察能力尤為重要。

2. 檢視學生能否掌握空間順序及比較說明的方法。

批改正文

範文  評語

一九九七年七月一日，香港回歸祖國。為了紀念這個重大的日子，香港特區政府便興建了一座回歸紀念塔。根據資料記載，英國接管新界之時，是從大埔回歸紀念塔的位置登陸，所以在香港回歸之際，在該地點建塔以為紀念。只要你沿着大埔海濱公園的海旁走，沒多久便會看見獨特的回歸塔。

回歸紀念塔的形狀就好像一個螺旋狀的三角錐體。它總共有四層高，其實回歸塔主要是由一條樓梯構成。這條樓梯以螺旋式向上移動，就像一個漩渦一樣，不同的只是漩渦向下轉，而回歸塔是向上轉。這奇特的外貌吸引了不少遊人來觀光。

● 能細心觀察回歸塔的獨特形狀，但沒有用其他有特色的建築物來比較，以突出回歸塔的外貌特點。

　　回歸紀念塔是一座高 32.4 米的瞭望塔，主要有四層，每層都有不同的特色。第一層設有一間小賣部，供給遊客在這裏休息或吃東西，這裏還會免費提供水給人們飲用。到了第二層，這層專門介紹回歸塔和香港回歸的史事和資料，令遊客對香港回歸有更多的了解。第三層是供給遊客休息的地方，備有大量椅子給走得累了的人歇一會。第四層設有兩座望遠鏡，遊人可用它來觀看吐露港的美麗景色，當然也可以在觀景台瀏覽腳下的海濱公園景色。

　　回歸塔對香港人來說，是個神聖的象徵。因為在一九九七年七月一日前，香港被英國管治，但在回歸祖國後，就成為中國的一部分。而回歸塔對中國的意義更是十分重大，因為從英國人手上收回領土，表示中國現在

● 運用空間順序說明恰當，由底層走到高層，介紹每層的特色，使人們對回歸塔的設備有一個粗略的輪廓和印象。但觀察不夠細緻，如沒仔細說明介紹資料的形式及展覽廳的陳設特點；又或在頂層俯瞰四周風景有甚麼特色。

已並非清末時那麼落後，已成為世界強國之一。回歸塔對於我居住的大埔更是一種無尚光榮，有這樣重大意義的建築物在自己居住的地方，並不是人人可以擁有的。

總評及寫作建議

　　文章內容介紹回歸塔的由來清晰，也通過細心觀察，運用比喻說明回歸塔的外形特點；並恰當地運用空間順序的說明方法，由建築物的底層開始，逐層介紹塔內的特色，使文章條理分明。但未能運用比較說明的方法，帶出回歸塔的獨特意義及建築特色。同學可在首段以其他建築物的用途來比較，對比出回歸塔的特殊意義；又或從建築物料角度，說明回歸塔的建築物料與其他建築有別，由此顯示出回歸塔的特點。

老師批改感想

　　學生審題清晰，內容也符合了說明文的基本要求。惟欠細心觀察，未能充分捕捉說明的事物或道理的特點，以致內容變得浮泛。運用說明技巧也不夠圓熟，顯示了認知與實踐仍有距離，未能全面掌握甚麼時候需要用哪種說明方法，使說明的事物更為生動具體。老師宜在講解說明技巧時，多讓學生討論作家怎樣恰當地運用各種說明方法，並設計練習給學生實踐，從而鞏固學生對各種說明方法的認知。當然，寫作前給學生有關說明方法的指導，再結合讀文教學〈以畫為喻〉的寫作技巧，使學生掌握比喻、數據及舉例等說明方法，都有很大的幫助；寫出來的文章固然不會跑題，也能做到寫作的要求。同樣地，老師的批改擔子也減輕了很多。

我的愛情觀

年級：中六
作者：高雨菲
批改者：陳月平老師

設題原因

　　配合專題介紹的課程，學習說明方法及應有的態度，因此先以個人較常言及的問題作說明，這次以青少年常見的戀愛問題作主題，嘗試闡釋愛情觀。

批改重點

　　1. 清楚說明文章主題的特徵。

　　2. 說明手法的運用，如引用說明、描述說明、比喻說明等可以多元化地運用於文章之中。

　　3. 作者表達時的態度要持平，說明事理的特質不能過於片面。

批改重點說明

　　1. 主題的確立對文章結構的安排起着重要作用，所以要求學生首先扼要說明事理所具有的特徵。

　　2. 說明手法的運用有助對事理作有條理的分析，所以指定學生要在文中運用至少兩種的說明手法。

3. 寫作說明文時，學生對事理的態度經常與議論文混淆，態度常欠中肯，故此強調學生在說理時的態度要客觀。

批改正文

 範文　　　　　　　　評語

愛情是甚麼？愛情像風，你只能感受到它的存在，卻無法觸摸；愛情是餐後的甜品，縱使美麗絕倫，卻永遠不能成為主菜；愛情到底是甚麼？沒有人能清楚具體的解釋。「愛情是人類偉大的精神感知。」不知這樣的答案是否能讓你滿意。

● 用「風」比喻愛情的特質是抽象的。● 比喻說明的運用，生動活潑。確立全文的綱領——愛情沒有具體的定義。

說真的，我一點也不了解愛情，再坦白一點說，我根本不懂甚麼是愛情。可能是我入世未深，還無法領略愛情的真諦。在我的腦海中，愛情是一種緣分，是平淡而又短暫，是兩個人之間的精神交流，或許這便是我的愛情觀。

● 第二、三段從個人角度和經歷，闡述對愛情的看法。行文簡潔，態度平和。● 運用引用說明，使說明的道理更具說服力。● 第二至五段，作者說明的次序由小（個人）至大（人性），再回到小（個人），層次分明。

很小的時候，我就很重視緣分，

認為一切因緣而起，因緣而滅，對愛情也是一樣。有人說愛情是需要自己努力爭取的，然而面對一個不愛你的人，你又如何努力把愛情爭取回來呢？記得張小嫻曾說一句話：「如果一個人不愛你，那麼再過一萬年他也不會愛上你。」愛情是命中注定的，冥冥中上天為每一個人安排了一切，安排了要愛的那一個人；安排了相遇、相知、相愛，這一切都是那麼自然，沒有精心設計的驚喜，只有一種說不出的感覺。可能你會覺得我過於消極，其實，這並不是消極，只是不願意強求而已，所謂「勉強無幸福」，愛你的人自然會愛你，不愛的如何努力也無法爭取，一切順其自然最好。

我從來不相信愛情會地久天長、海枯石爛，因為人是善變的，經不起考驗，故愛情也不是歷久彌新、一生

● 從人性角度探討愛情的特質——經不起時間的考驗。

不變的。隨着時間的改變，愛情會變質、腐爛。愛情會隨着時間變成一種責任、一種習慣。縱然兩人仍相處在一起，但感覺已不同，已失去了開始時的味道。時間永遠是愛情最大的敵人。

有時候，我也曾問過自己，我要的愛情到底是怎樣？我是一個平凡得不能再平凡的人。要的也只是一段平凡、平淡的愛情。不需要轟轟烈烈，更不需要驚天地，泣鬼神。小的時候，總以為愛要轟烈才算真正地愛過。但長大了，經歷多了，才覺平淡最好，因為轟烈的後果是我無法承受，也負擔不起的。波瀾起伏的情感是令人痛苦的。只要找到一個與我相愛的人，便是人生中最大的幸福，不需要花巧的成分，平淡的過活便是最幸福的愛情。

● 再以個人的角度說明愛情的不同特質——轟烈或平淡。

...

　　也許，你不認同我的看法，然而這的確是我的愛情觀，每個人對愛情的觀點是不同的，因為愛情源自生活。

● 說明愛情的另一特質——眾人對它沒有一致的看法。

總評及寫作建議

　　本文作者主要是根據個人的見解、經驗闡述「愛情」的特質。

　　在內容結構方面，首段先確立文章的綱領——愛情的定義和特質。由第二至五段，作者分別以不同的角度觀看愛情的特質和內涵，層次由「小」至「大」，最後又回到「小」，井然有序。

　　說明事理的方法是各種各樣的，作者利用比喻說明和引用說明的方法，再配合文藝化的筆調作闡釋，文中較多從個人方面作描述說明，若能稍提及朋輩的看法或提及其他科目學習關於「情」的材料，就可使讀者得到更全面的了解。

金錢與權力

年級：中六
作者：蔡培英
批改者：陳月平老師

設題原因

是次題目以常見的主題為闡釋對象，目的是加強訓練學生的說明技巧，以配合專題介紹單元中所要學習的說理方法和態度。

批改重點

1. 明確定義事理的性質。

2. 說明方法的運用，如舉例說明、引用說明等技巧；文句的修辭技巧，多元化的應用，如排比句、反問句等修辭手法。

批改重點說明

1. 定義說明有助學生確立文章的主次脈絡，繼而對材料作出取捨。因此要求學生先以概括方法寫出主題的特徵。

2. 要求學生利用定義說明、舉例說明等技巧（最少使用兩種）幫助說明，使讀者對事理有深入的了解。

批改正文

 範文　　　　評語

　　活在物質豐盛的今日，人難免有不少的慾望。有人為追求美貌，而不停地去購買化妝品、減肥瘦身產品，並不停地追隨着潮流跑；有人為追求轟烈的愛情，而愛得死去活來。有人認為金錢與權力才是至高無上的珍品，所以他們的一生也活在不停的勞役之中，以滿足他們對金錢與權力的慾望。

● 運用舉例說明慾望使我們活得勞累。● 排比句的運用，使文句顯得有氣勢。

　　金錢與權力是否為人生中不可或缺的東西呢？自古以來，金錢與權力的觀念就植根於人的心中。大部分人認為有錢，等同想要甚麼，就能得到甚麼。有錢能買官職，得權力，繼而能控制其他人。金錢能買到權力，權力能增加自己的財富，這似乎是相輔相承的東西。但是否擁有金錢與權

● 金錢和權力能發揮很大的作用。● 首句和結句皆運用反問句，使讀者對作者的見解作出思考。

力，就能得到世間上所有的東西？

今非昔比，金錢與權力的力量已大不如前了。現在有錢也不能買到權力。要得到權力，已不單單是金錢就能做到，你必須付出努力，通過努力學習，努力工作，得到晉升、加薪。同樣地，權力不能衍生金錢。只有努力工作，才能掙取金錢，累積自己的財富。在香港或其他文明的都市，並沒有一條捷徑可以得到金錢與權力。即使投資股票也並不一定會升值。買六合彩，更不能保證會中獎。最實際的方法只有不斷的努力，這樣掙取回來的金錢才是最實在的。現今的社會，通過金錢或手段去取得權力的機會不大。若以此方法得到權力，也會輕易被其他人取代。這是不長久和欠實際的辦法。

● 直接說明應靠自己的努力去擁有金錢和權力。● 舉例說明，凸顯作者強調的「努力」，具說服力。惜此部分所舉的例證皆偏向於金錢，而忽略了權力。

金錢與權力，也不是世界上無所不能的東西。你不能利用你的金錢擁

● 直接說明金錢和權力的局限性。

有友情、愛情以至親情。你也不能運用你的權力去控制你的幸福。你只能買到物質上的快樂，但這種快樂是貧乏而短暫的。

人除了金錢與權力外，還有很多重要的東西——精神上的追求和滿足，才是無價的。但很多人並未體會到這一點的重要。在貧窮的地區，孩子因為得到教育而感到幸福。孤兒因為再次得到家庭溫暖而感到快樂。相反，活在香港的孩子，就不懂或不會體會這些精神上的追求，他們認為手上所得到的是必然的。他們並不懂得去珍惜金錢以外的東西，只看重物質上的富足。

● 利用舉例說明和比較說明，突出物質上的快樂反而使人活得空洞。● 惜在此所舉的例子欠具體。

別被金錢與權力蒙蔽你的眼睛，幸福是可以很簡單的。

● 直接說明幸福非源自金錢和權力。

總評及寫作建議

　　本文説明的對象是常見的，因此作者下筆就用定義説明的方法，強調金錢、權力只是慾望而已。第二、三段作者利用兩者古今的地位變化，筆鋒一轉，在第四段説明金錢、權力的局限，利用比較説明，帶出精神上的滿足才是最重要的。可惜，在結段作者用較直接的語調作判斷，態度上稍欠公允。

　　作者利用定義説明、舉例説明等方法，將闡釋的事理清晰而明確地表達出來。本文的第五段，作者運用舉例説明，但未能明確舉出貧窮的地區，使對比的效果稍欠説服力。此外，作者利用排比句、反問句等修辭手法，使句子生動，又可以引起讀者對主題的思考。

老師批改感想

　　說明文的目的是就某事物或事理作解說，讓讀者一看就明瞭，故此一般要求行文簡潔而易明就可以，但容易流於刻板的解說。因此，若能於文中多運用各種修辭手法，如反問句、排比句、設問句等，可使句子生動活潑，能引起讀者的疑問，從而對該事理作出較深入的考察。

　　在內容方面，先區分主次，抓住事物或事理的特質來說明，當確定文章的中心後，再從不同的角度來觀察文章的對象，這樣就能做到條理井然。此外，還要求作者的態度要冷靜、中肯，以平實的語調作闡釋，讓讀者自己作出判斷。

試説明網上使用別字的情況及壞處

年級：中五
作者：譚展雲
批改者：陳傳德老師

設題原因

由於知識面狹窄，同學解説事物，闡釋事理不太清楚，對「情況」和「影響」兩種不同的概念也不會分辨，佈局結構常不平均，故特設此文題培訓相關的能力。

批改重點

1. 分段明確，條理分明，次序妥貼。

2. 掌握説明方法。

批改重點説明

1. 同學分段不太好，所以要注意分段及佈局是否勻稱。

2. 同學常忘記為文題下定義，而對説明手法，如分類、比較、舉例、比喻、運用數字資料、定義等都用得不好。加上用詞語氣輕，容易減弱文氣。

批改正文

 範文　　　　　　 評語

　　如果你有上網的習慣，在某討論板看到「E+」兩字，你會有怎樣的聯想？是英文，抑或是評分？其實兩者都不是，而是近期香港新出現的同音別字文化。究竟是香港人中文水平愈來愈差，還是香港人不懂輸入中文字？

● 作者先用設問起句，引起讀者對討論主題的關注。然後再提出疑問，引出讀者思考原因，為整篇文章發展做了好的鋪墊。

　　現時在一些網上討論板，特別是一些青少年或參與者年紀平均較輕的討論區，會常常看到一些不知名的符號。

● 說明青少年使用的討論區最多別字，引起讀者對問題的關心。

　　上網時使用同音字的情況非常普遍，所謂別字，就是指因形音相似而寫錯的字。常見的例子，如誤用「分辨」為「分辨」、「準許」為「准許」等等，這些情況不足為奇，因為多數不是故意使用，只是不小心誤用了別字。平常寫作時都有人犯這類錯誤，只要小心改正，以後不再寫別字就沒

● 對別字下的定義很清晰，而且把使用別字的情況分為兩類：一是可原諒的過錯，二是故意誤用。作者舉的例子十分清晰，而且把故意誤用的三種情況用分項說明法分析得清清楚楚，讓讀者不易混淆。

有問題。而現時網上用別字問題最嚴重的原因不是誤用，而是人們故意亂用。第一類是用數字或英文的發音取代原字，例如以「3」取代「衫」、以「ng」或「5」取代廣東話口語「唔」、以「2」取代「易」、以「e 生」取代「醫生」；第二類是使用普通話發音取代原字，例如使用「巧」取代「好」、使用「冇」取代廣東話口語「冇」；第三類是使用粵語同音字，例如「甘日」、「金日」取代「今日」，以「刀」取代「都」。以上三類同音字的使用情況非常普遍，甚至已經蔚然成風，心智未成熟的青少年更會盲目跟從使用。

更奇怪的是不知名、沒有意義的符號也被廣泛使用，例如常見「☆～＊╱」等表示「無意思」。我認為使用此類沒有任何意義的符號的人十分無聊，既然符號沒有效用，為甚麼要去

● 作者故意把讀者漸覺冗長的介紹分開，另開新段，使段落均齊而不會太長，其中用「更」字來指示更進一步的「亂用」，既點明別字「亂用」的過分，也突出了用

使用？部分使用即時通訊軟件的人，更會使用那些符號作為使用者名稱，令舊版本的系統及資料庫發生錯誤。使用這類符號完全沒有實用性和建設性，反映使用者的心態是多麼幼稚。

使用別字的影響實不可輕視，假如中國人使用白話文是為語文提供了一大生機，重新把僵化的文字注入活力的話，我相信網上使用別字的情況，則如同毒蟲，如果大家不及早正視，遲早這些毒蟲會把中國文字毒死。使用別字的人多數中文水平有限及不留意字詞的使用，他們擁有的是文化界的病毒，會摧毀喜愛上網的小孩子的語文能力，結果，擁有語文天分的未來文學家夭折，歪風所及，有些小朋友甚至可能會變成文盲。

語言是溝通的途徑，如果你在網上看到一篇作者存心使用不正確文字

● 用「也」字，由講情況過渡至講影響，過渡自然。

● 結尾寫出語言的功用，而且指出故意寫別字對作者及讀者的

的文章，你有耐性閱讀嗎？故意使用同音字只會令作者及讀者的語文程度下降。其實，「E+」所指口語為「依家」，是「現在」的意思。假如「現在」一詞有而不用，論中文程度便真是連「E+」的級數也沒有了。這種文字更會影響國與國、不同地區之間的交流，完全和文字的功能背道而馳，產生更多歧義和不必要的誤會。希望大家不要再使用同音字之餘，也反對這種惡劣文化的入侵，使源遠流長的中國語文免受荼毒。

害處；再用誇張法，表示優良文化會受到破壞，甚至產生國與國的誤會，使文章的說服力加強不少。其中用詞如「背道而馳」、「惡劣」、「荼毒」等用得很精確，也很形象。

總評及寫作建議

這篇文章用了不少設問和反問手法，使文章更見深度，文氣更凌厲。

作者設定小孩作為受害對象，又說會扼殺了不少有天分的作家，社會甚至會再次出現文盲，層層遞進，步步進逼。

不過，美中不足的是作者說明「現今的情況」時，竟用了三分之二篇幅，說「影響」只用三分之一，比重有偏頗。若可以把「影響」部分延長至五五之比，會使文章更見勻稱。

試用名人的説話或事迹，説明服食毒品的害處

年級：中五
作者：林敏怡
批改者：陳傳德老師

設題原因

　　同學寫毒品的害處多缺乏説服力，舉例多以同學及朋友做例子。本文是平日的課業，希望訓練能令同學注意所舉例子的質素。

批改重點

　　1. 引用的例子必須全是名人的説話或事迹。

　　2. 用詞要強力，不能太溫婉。

批改重點説明

　　1. 同學寫説明文引用的例子太個人化，欠共通性，難引起讀者共鳴。

　　2. 同學寫説明文常欠肯定，就如一個發號施令的人「陰聲細氣」，讓人不信服。

批改正文

 範文　

評語

　　人們在的士高玩樂時，常常因朋輩的影響而服食軟性或硬性毒品，有的不止「自用」，甚至「外銷」，人們為何做出這種非法行為呢？難道把前路摧毀、令家人傷心失望是好事？我想這都是因為他們不明白吸毒的害處，現在就讓我說明一切吧。

● 先指出為文目的，作者借用「自用」、「外銷」等詞語，使文章更幽默有趣。

　　服食毒品對人體的害處，正如青少年事務委員會及禁毒常務委員會戒毒治療及康復小組委員會主席蔡元雲醫生所言：「搖頭丸」混雜着老鼠藥的成分，吃下的副作用比純搖頭丸多出幾倍，會致命；至於嗅天拿水會使人流鼻血，鼻腔氣管潰爛，呼吸系統受損，嚴重的甚至會患上鼻咽癌。俗稱「白粉針」的海洛英針筒注射法，除了使吸毒者因常常打「白粉針」而留下

● 作者引用名人蔡醫生的語例，指出吸食毒品對身體的各種害處，由於蔡主席有醫學博士學位，所以更具說服力。

很多難看的針孔在手上外，白粉的分
量太多，會使血管充塞着白粉，導致
閉塞，造成腦部缺氧；更有人會因不
懂運用針筒而打了空氣針，使生命有
危險。

　　吸毒除了對身體有害，還會遭到
法律的制裁，使人蒙受名譽及經濟上
的損失。例如早前藝人蘇永康在台灣
的酒廊玩樂時，警方在他身上搜出搖
頭丸，即時把他拘捕。他最後被判入
勞教所。社會各界人士都對這件事十
分關注，大眾都批評他的品格行為不
當，大大地破壞他一直努力建立的健
康形象，使他的星途頓時變得黯淡。
而他因工作暫停，金錢上的損失也極
為慘重，收入全無。在勞教所內，他
更要和其他罪犯一起做各種勞動，個
中滋味，真不好受！

● 作者用了著名藝人
蘇永康作事例，說明
吸毒引致名譽及金錢
的損失，貼切而有說
服力。

除了經濟及名譽損失，更可怕的是，正如十大傑出青年陳慎芝所言：「吸毒會使人喪失靈魂。人們沉淪毒海，心靈也會漸漸受毒品侵蝕，肉體變得不聽使喚。」很多吸毒者為了滿足身體對毒品的渴求，於是為了取得買毒品的錢，變得無所不用其極，搶劫婦孺，欺詐老人，置家人死活於不顧，販賣親生兒女，把活生生的好人用木棒擊斃，真是天良喪盡！他們寧願淪為地獄惡鬼，也不願在人世積德，其中因由都始於毒物攻心，於是理性、良知、仁義禮智等為人的重要素質，都被他們棄如敝屣。由萬物之靈淪為禽獸，甚至禽獸也不如。

● 再用改過自新的十大傑出青年陳慎芝做例子，指出毒品除了傷害肉體、影響經濟、名譽等方面，更會打擊精神，用詞嚴厲，句子節奏有力、有氣勢。

我認為吸毒不但影響健康，隨之而來的社會制裁與心靈良知的喪失也是十分沉重的代價。那麼，誰還這麼笨去吸毒呢？吸食毒品不是等同玩火自焚嗎？

● 結尾寫出吸毒者如玩火自焚，用反問加強氣勢及刺激讀者思考。

總評及寫作建議

　　文章用詞嚴厲，分析害處由實質的身體講起，再講抽象的名譽和金錢，再寫到精神層面，分析全面而深入。

　　作者引用名人時，取材合適，不是專家，就是明星，或者是改過自新的人。他們或對問題有深入研究，或曾嘗盡個中滄桑，令讀者認識毒品的害處不流於表面。

老師批改感想

　　寫說明文最重要的是每一段的目標要分明，把一個步驟或一個問題說清楚就可以，不要貪心，一下子講得太多。在每一段開始時，先把論點說出，再用例子證明，可讓讀者更易接受。

　　另外，說明文要多用短句，才能給人節奏明快的感覺，最好能引用不同的權威，才能加強說服力。

電子書籍的妙處

年級：中五
作者：梁宇琪
批改者：彭志全老師

設題原因

　　跟學生提到發明家的故事，叫學生想一想假如自己是發明家，會發明甚麼東西來改變生活素質，並說明這東西的用法。

批改重點

　　1. 佈局謀篇。

　　2. 順序說明的能力。（空間順序）

批改重點說明

　　1. 佈局謀篇的能力一直是寫作結構上一個重要的元素，從這篇文章審視學生這方面的程度。

　　2. 審視學生對順序說明（空間順序）的能力的掌握。

批改正文

 範文 評語

書是知識的來源。每當世界的文明跨進一步，必定有人將之記錄成為書籍。然而書籍放久了會變黃，而且容易滋生昆蟲，保存和收藏是一件頗費勁的事。

● 開頭以書籍是記載文明的重要媒體，並提出保存書籍是頗費勁的事，引出下文有「電子書籍」構思的想法。

每當我看到書籍放滿教室的抽屜時，都有種莫名的煩躁。看到這麼多的書本，每天要帶來帶去，真是很沉重的「負擔」。每念及此，便想把書籍全都掃描到電腦裏去，再將之儲存在記憶體內。現在的科技日新月異，電腦記憶體日益輕巧，容量也漸次龐大，價格更是愈來愈便宜，無論是保存跟收藏同樣方便。這使我想到，發明「電子書籍」的可能。

● 接着引出「電子書籍」構想的起因，因為方便，致使作者有此妙想。作者以現在最流行的電子記憶體與書籍連上關係，在此基礎之下設計這個發明品。

你可能會想，「電子書籍」跟電腦有何分別？也只是普通的電腦吧。

● 此段為重心，主要運用了順序說明（空間說明）的方法，把

不！不！不！這就錯了。「電子書籍」除了是記憶卡外，還需要一樣東西。那東西呈長方形，厚度約一毫米左右。側面有一個插入記憶卡和電腦的空位，正面由普通的膠片製造，下半部約四分之一部分是一個小型鍵盤，可輸入文字。「電子書籍」還有另一種功能，只要將空白的記憶卡插入，便可以隨時隨地寫作。

當沒有帶記憶卡，而又想買書時，只要將「電子書籍」交給售貨員，再將所需書本的內容存入「電子書籍」的內置記憶體裏面就行了。而且「電子書籍」可插入不同類型的記憶卡，那麼只要帶着記憶卡，便可閱讀不同類型的書籍，既省時又方便攜帶。

所以當我成了發明家，我一定將「電子書籍」發明出來，並將之推廣到學校。這樣我們就不必再每天背負那沉重的「負擔」回學校了。

「電子書籍」的外形逐一介紹，接着從側面、正面和下半部的功能，補充額外的功能。

● 這一段是過渡銜接的一段，作者於此段主要補充說明「電子書籍」另外一項的功能，其好處是輕巧方便，切合創作的原意。

● 結尾一段，重新提到自己的願望，説明製成品的創作原意，是免除沉重的「負擔」，回應上文為解決問題而發明。

總評及寫作建議

　　所有的創新都是為了方便我們日常需要而設計，我想古往今來的許多發明家設計的原意也為此。這篇文章，說它是一項發明似乎不大恰當，因為「電子書籍」已是問世的發明品，但作為學生，也許還沒有知道它的存在，故設想假如要發明，會解決他當前的「負擔」。

　　為了介紹發明，作者利用空間說明，把發明品的結構，外而內、上而下逐一說明，再把其他的功能作補充說明，所佔篇幅不多，可算是簡單易明。在選材剪裁上，從普通電腦記憶體的基礎上，再加上自己的創意，這樣的設計着實不錯，使讀者對這項發明有認識之餘，還有更進一步的理解。可能對於空間說明手法掌握得不夠穩固，在說明「電子書籍」的外型及功能一段，尚欠缺仔細的描述，佔全文的分量也不多，假如說明一項能更全面具體地描述，文章將更見全面。

減肥茶亂飲可致命

年級：中五
作者：羅凱婷
批改者：彭志全老師

設題原因

時下流行減肥纖體，筆者於其中一個教節提到此話題，學生積極踴躍發言，於是以「減肥纖體」為題。其中一個學生提到減肥茶的不良作用，甚有警世意味，故選此文加以批改。

批改重點

1. 審題立意。
2. 運用說明方法的能力。

批改重點說明

1. 學生寫作能否借題而把文章寫好，審題立意的能力非常重要，故以此作為批改重點。

2. 說明文能否寫得清楚明白、說服力強，善於運用不同的說明方法尤為重要，故以這種能力作為審核重點。

批改正文

 範文 評語

現在很多女性都嚷着要纖體，她們會嫌纖體公司太貴；吃西藥減肥，又怕副作用太多。於是便到藥房或店鋪，購買一包包貌似中藥製成、看來沒有半點「殺傷力」的減肥茶。這種減肥茶吸引了不少愛美的少女和家庭主婦，紛紛以它作為減肥纖體的首選。

● 文章開始即以時下女性的話題引入，把減肥茶為何成為愛美女士們的首選原因簡單説明，既合乎題目，又能配合下文幾個案例的説明要旨。

正因如此，而缺乏了對減肥茶的認識。據説，減肥茶中含有不少的名為「番瀉葉」的毒性瀉藥。中醫師曾警告過，凡亂服這種瀉藥，輕微的會肚瀉，嚴重的則心跳紊亂。如長時間服用，更會令大腸要依賴它才可排便，還可能患上肝衰竭。更嚴重的情況之下，甚至有機會導致死亡。

● 接一段，對於「減肥茶」作定義説明。這裏的定義説明，即對何謂「減肥茶」作一解説。「減肥茶」只是一個統稱，其成分如何，人們可能只是一知半解。作者首先介紹其中成分有「番瀉葉」，再引用中醫對於此「成分」的副作用作詳細説明，使讀者明白其禍害。

以下的一宗報道，是講述一位少女服用減肥茶後，感到自己身體有些

● 作者利用舉例説明，先後舉了三個例子，説明服用減肥

不舒服。首先，在頭幾個月，她以為喝了就會肚瀉，這是正常反應，並沒有理會。一天又一天過去了，她發現不時會出現短暫休克，會在十多秒內眼前一片黑，耳鳴，手腳麻痺抽筋。更可怕的是心臟有時會突然「砰砰砰」地跳動。於是她決定六日不喝，但六日裏竟然沒有一次大便。無可奈何之下，她再次服用。最終，她找了醫生，並發現肝功能開始失效，幸好還來得及時，否則後果嚴重。

另一個個案是發生在一個十三歲的女童身上。她服用一年多的減肥茶，其後發現已經沒有了七成的肝功能。幸好她得到爸爸移植的肝臟，總算是不幸中之大幸。一個十三歲少女怎能想到自己沒有了七成的肝呢？若想減肥的你，請再閱讀以下個案：一位家庭主婦，接受訪問的並不是她

茶的後遺症。三個案例是有機的排列。第一個例子較輕微，幸好及時發現；第二個例子是不幸，可是仍未至於無法挽救；至於第三個例子是因飲用減肥茶而死亡，造成不可彌補的遺憾。三個案例程度由淺入深，嚴重程度一個勝於一個。以舉例說明減肥茶的禍害，使人不寒而慄，把「減肥茶亂飲可以致命」的主題表達清楚，說服力強。

本人，而是她丈夫。因她購買了一包減肥茶服用不到二十四小時就導致死亡，還遺下丈夫和兩個女兒。她因服用了一包不適合自己的減肥茶而死亡。

從以上三個個案，可知服用不當的減肥茶有多大的禍害。長時間服用，身體會出現莫名的休克、心臟亂跳動、頭暈手震等病症。這種「毒藥」還逐漸養成你的藥癮，加上損害你的肝功能，甚至患上神經系統中毒和導致死亡。假如你要拿健康，甚至性命來換取一個美麗的軀殼，這個值得嗎？真正的健康，應以適量的運動來取代減肥茶，不是更好嗎？

● 最後一段，總結全文，利用第三、四兩段的例子，增強了說服力。文中由可致命的減肥茶，於此段把「它」稱為「毒藥」，說明它的嚴重後果。到最後提到要減肥纖體的治本方法是要多做運動，而不是以飲用減肥茶去代替的，文意一目了然。看完全文，令人對所介紹的減肥茶「敬而遠之」！

總評及寫作建議

本文的審題立意清晰、一目了然，把說明文的功能表現得很好。利用不同的說明手法，加上對所說明之物，從不同的角度和功能詳盡解說，使讀者明白減肥茶的禍害，服用多了，最終是死亡，以之警惕後來者，宜用治本之法去減肥纖體，不宜貪方便而亂飲減肥茶。也許作者對說明手法並不太熟悉，以致於第二段下定義時，只提到減肥茶的致命成分是「番瀉葉」，而沒有詳細加以描述清楚。如果能把坊間所選用的減肥茶的定義下得明確一些，對於全文的結構，以至給人的說服力將有更好的效果。

老師批改感想

　　是次批改的說明單元，選了四個不同的能力審視學生的寫作能力。若將之分類，審題立意及佈局謀篇是全文的結構框架，文章的形格是否完整，結構是否嚴密，扣題是否清晰，皆與之相關。至於順序說明手法，讓讀者有個清楚的概念，對所要說明的東西有一個具體而微的總構圖，是文章成功與否的樞紐。再配合適當的說明手法，把要說明的物象，清楚示人，達到一個使人讀其文而掌握物理的內外結構，其能力實在是高下立見。說明文常給人「乾枯乏味」之感，假如能把不同的說明能力，用之得宜，說明文未嘗不可帶點情味。

XX 為甚麼暢銷

年級：中四
作者：李珍琳
批改者：楊雅茵老師

設題原因

學生在初中時已學過了說明文的技巧，並在中四學習了以說明為主的文章，對寫作說明文的手法已有了解。由於說明文並不容易掌握，更不易寫得出色，故特設開放式的題目，讓同學可以選取熟悉的題材之餘，也可讓同學發揮創意。

批改重點

1. 順序說明的能力。

2. 佈局謀篇。

批改重點說明

1. 要說明文寫得出色，最基本是要將說明的對象清楚及有條理地表達出來。要達到這個目的，順序說明的能力是非常重要的，故以此作為批改重點，測試學生在這方面的能力。

2. 寫作說明文時，佈局謀篇的能力是很重要的。若學生

寫作文章時，欠缺鋪排、佈局，必令文章結構鬆散，說理的力量也會大為削弱，結果令文章大打折扣，故以此為重點批改。

批改正文

範文 　　　　評語

　　現今社會，手提電話可謂極之暢銷。它的應用非常普遍，上至八十多歲的公公婆婆，下至兩三歲的幼稚園生，不論男女老幼，都擁有手提電話。那麼，手提電話為甚麼會暢銷呢？

● 作者一開始分析了現況，之後以問題引起下文。

　　首先在外觀方面，昔日的手提電話，身軀龐大，又笨又重，而且款式不多，外型老套，故在普羅大眾間不太普及。但踏入二十一世紀，隨着科技的進步，手提電話的款式日新月異、層出不窮，除了機身輕巧，更有彩色螢幕，故吸引了不少人購買。

● 從事物的外觀入手，說明由於手提電話的外型漸趨輕巧，以致吸引力大增，令購買人數不斷上升。

其次，現今的手提電話功能亦愈來愈多。例如收發短訊；像照相機一樣擁有拍攝的功能，既可拍照又可錄像，留住美麗難忘的回憶；像錄音機一樣，可收聽電台節目和錄音；還可以在網上談天和購物；收看電視節目、新聞和音樂特輯等⋯⋯總之，新一代的手提電話擁有數之不盡的功能，有些更令人意想不到。既切合成年人工作上的需要，又切合追求時尚的年輕一代的要求，人們怎能抗拒？

● 作者從手提電話本身的功能出發，提出手提電話功能愈來愈多，對成年人或青少年都有很大的吸引力，令人無法抗拒。

此外，昔日的手提電話價格昂貴，但隨着手提電話的普及，價格愈來愈便宜，很多人都負擔得起。故此，手提電話在現今社會便暢銷起來。

● 之後作者提出隨着手提電話的普及，價格愈來愈便宜，所以便暢銷起來。

另外，手提電話已成為人們身份的象徵。「哇！你的手提電話的鈴聲是哪一首歌曲？」「你的手提電話的背景相片真美。」這些說話，相信每個

● 作者由手提電話本身談到手提電話已成為身份象徵，形成了壓力，故人人爭相購買。

人都聽過。在我的朋友當中，也幾乎每人都有自己的手提電話，當然我也不例外。在街道上，在公共汽車上，在商場裏，在辦公室裏，甚至在學校裏，不論是中學、小學，還是幼稚園，無論在哪一個角落，總之在有人的地方，就可看到人們在使用手提電話，好像沒有手提電話就是追不上時代，人們也以擁有手提電話為身份象徵。試問手提電話又哪會不暢銷呢？

另外，商人為吸引人們購買他們的產品，也各施各法，電視廣告、雜誌、大型廣告牌、電台廣播等都是他們的「好幫手」。他們又推出各種優惠，市民很自然地會受到他們的吸引，購買手提電話已成為一種社會風氣。每當有新產品推出，人們便會蜂擁去搶購，手提電話專門店就會出現人山人海的盛況，甚至擠得連針也穿

● 由壓力談到商人的推銷手法，擁有手提電話成為一種社會風氣。由小至大，順序寫來，有條不紊。

不進去。

手提電話的發明，縮短了人與人之間的距離，改善了人與人之間的關係。這種熱潮、這種風氣，不斷蔓延，不斷伸展，現在就連幼稚園生都擁有自己的手提電話，此熱潮在年輕一代和成年人間更見普及。我相信，隨着科技不斷進步，不斷發展，手提電話將會愈來愈受歡迎，愈來愈暢銷。

● 最後，作者再回到手提電話的暢銷情況，並以推想手提電話會愈來愈暢銷作結，回應了前文。

總評及寫作建議

本文是一篇條理分明、解說清楚的說明文，作者以淺白的筆觸將手提電話暢銷的原因有條不紊地交代出來。作者說明時亦有加以鋪排，例如先由手提電話本身的優點談起，繼而到擁有手提電話已成為一種壓力，再而到是一種社會風氣，由小至大，層次分明，給人說明有序、有條不紊之感。

另外，作者為了令文章更清楚，在寫作時，先談現況，再行分析，最後回到現況，並提出手提電話將會更普及作結。說明時，作者又用了「首先」、「其次」、「此外」等字詞，令說明富條理，過渡亦自然。

纖體熱潮

年級：中四
作者：葉水英
批改者：楊雅茵老師

設題原因

　　寫作文章，若能緊扣日常生活，必能令學生容易掌握。而近年纖體風盛，不論年齡、不論性別的市民都投身纖體的行列。故以此為題，讓學生探討這個社會風氣之餘，亦能練習已學的說明技巧。

批改重點

　　1. 運用說明方法的能力。

　　2. 書面表述。

批改重點說明

　　1. 學生寫作說明文時，若能適當地運用說明的手法，不但能豐富文章內容，亦能令文章的說理更清楚，故以此為批改重點，測試學生在這方面的能力。

　　2. 書面表述的能力，無論在哪一種文體都是必須的，因為若未能以清楚流暢的文句寫作，根本不能令人明白，故以此為批改重點，測試學生在這方面的能力。

批改正文

 範文　　　　　　評語

潮流，是指大眾追逐的社會風氣、傾向或模式；熱潮即指盛行的潮流。熱潮，在每一個國家都會存在，它不受時間、空間的限制，只要吹起了一股微風，潮流就會跟着出現。國與國之間的潮流會不同，甚至地方與地方之間的潮流也會不同，那究竟為甚麼會有潮流出現呢？就是因為人們有「羊羣心態」，看見別人做甚麼，就會跟着做甚麼，完全沒有自己的主見和立場。

近年各國，特別是先進國家，都一致地吹起了一股熱風，就是減肥熱潮。就算是不胖的人（特別是女孩），也會去纖體，務求使自己的身段達至完美。那為甚麼她們要這樣做呢？是因為她們認為自己是現代的城市人，

● 作者先運用定義法為「潮流」二字下一定義，又分析了潮流形成之因——「羊羣心態」，令以後的論述有所根據。

● 作者用了設問的技巧，提出女性纖體的原因。

惟有擁有美好的身段，才能吸引身邊
的人的注意，使別人喜歡自己，甚至
羨慕自己，這就是虛榮心作祟所致。

　　這股熱潮初到香港時，已引起
人們注意。那時人們都只是按照一些
減肥餐單去進食和拼命做運動。但由
於要長時間才能得到成果，或由於效
果不大，於是一些商人就利用這熱潮
發掘商機，研製很多纖體用品，包括
內服的減肥藥、外敷的藥膏、幫助消
脂的健身器材等等，層出不窮。再加
上商人找來了很多名人作代言人，如
ＸＸ纖體公司，高價聘請女藝人的
女兒任代言人，纖體公司刻意突出女
藝人的女兒纖體前肥胖的外形，甚至
有時會加以醜化，之後又特意營造出
成功的效果。人們看見這些產品的神
奇作用，於是不惜花費巨款瘋狂購買
各類型產品，導致纖體用品愈來愈暢
銷，纖體之風也愈吹愈烈。為了爭取

● 作者舉例說明纖體
產品的層出不窮。又
舉女藝人的女兒為例
子，說明纖體公司的
宣傳手法，纖體風氣
也因而更盛。

客源，各大小超市、連鎖店、健康用品店、藥房都會購入不同類型的纖體用品以迎合顧客的需要，這也是一種變相的追逐潮流的行為。

人們為了纖體成功，不惜做「白老鼠」，甚麼產品都試，試問這樣，纖體熱潮怎會不熾熱呢？除非整個社會的價值觀都改變，又或者回復到唐朝楊貴妃的時代，大家崇尚如楊貴妃般的圓潤美，不然纖體的潮流不會過去，也不會衰落，甚至「瘦就是美」會成為人們心中的真理。

● 作者用了比喻法，說明只有回到楊貴妃的時代，纖體之風才會過去。

只要是商機，商人必定不會放過；只要有市場，必定有人投資；只要有人購買，必有人提供；只要有需求，貨品必定暢銷。這關係息息相關，互相影響，商家必不怕這纖體市場會消失。如此看來，纖體之風只會愈來愈盛了。

● 作者以排比句式，分析了纖體風氣與纖體產品供應的關係，說明了纖體之風會愈盛的道理。

總評及寫作建議

本文是一篇簡單易明的說明文，作者說明分析清楚，富有條理。在寫作時，作者運用了定義法、舉例法及比喻法，令說明的事理具體而明確。例如文章一開始，作者說明纖體熱潮前，先為「熱潮」一詞下定義。說明纖體公司的宣傳手法時，舉了實際的例子說明。令文章分析清楚而具體，使人容易明白。

此外，作者寫作時雖未見文字的精雕細琢，但書面表達的能力不弱，說明文最重要的是說理清楚，作者在說明纖體熱潮方面，寫來富有條理而又清楚明白。事實上，作者說明時亦有運用了不同的修辭技巧，豐富了文章的內容，亦提高了文章的藝術性。

老師批改感想

　　說明文可算是學生最害怕寫作的一種文類，一來由於說明文要求對事理或介紹的事物有深入的了解，但學生的觀察力較弱，往往未能掌握；二來由於說明文要求條理分明，但學生說明的條理性較差，寫作時，往往力不從心；三來由於學生多認為說明文較沉悶，以致根本沒有寫作的興趣。為解決這種種問題，老師可先從培養興趣方面着手。老師可先要求學生寫一篇短的介紹文章，內容可以介紹他們喜愛的遊戲、圖書或物件，寫作時可提示學生從外表、功能、作用等觀察。完成後，抽取寫得出色的作品向其他學生介紹。又或讓學生介紹一些「無中生有」的工具或物件，這在訓練之餘，亦讓學生自由創作，提高他們寫作的興趣。另外，為提高學生說明事理的條理性，老師可讓學生介紹學校的設施，因為學校是學生最熟悉的地方，可避免出現學生無話可說的情況，讓學生更有信心地表達。之後由個別學生口頭介紹，老師可從中與學生

分析說明應有的層次及條理，例如由小至大，或由大至小，或可利用序數等，以訓練學生說明的技巧及能力。當然，要寫好說明文並非一朝一夕的事，但只要學生有寫作的興趣及信心，假以時日，必有所成。

美與醜

年級：中四
作者：翁瑞苓
批改者：詹益光老師

設題原因

學生在中三時學過多種說明方法，這次練習是一次說明文複習，題目是正反相對的概念，與初中所寫的比較直接的題目有所不同，要求學生能從正反兩面加以申述。

批改重點

1. 運用舉例、比喻、引用等說明技巧的能力。
2. 說明正反對立的概念的能力。

批改重點說明

1. 審查學生能否運用多種說明手法來闡釋中心思想。
2. 審查學生寫作時，能否注意正反兼顧。

批改正文

 範文

 評語

　　美麗，人人喜歡；醜陋，人人討厭。但甚麼是美，甚麼是醜？卻不是人人弄得明白。因為人世間，有的東西外美內醜，有的外醜內美，有的則是不美不醜。其實外表美麗不美麗不要緊，內在醜陋就很可怕。從人類的角度看，我們當然希望世間美好，但更重要的是心靈美麗。

●　起筆先寫出論點，下文即沿中心論點開展。這樣開宗明義，可使文章節奏明快。

　　看到美麗的東西，我們很容易便產生喜愛的感覺。例如早上看到太陽升起來，那金光萬道的景色，沒有人不會振奮起來。又如晚上回家，嚐到母親燒的菜，就會口水直流，恨不得把菜餚都吃進嘴裏。那為甚麼我們會分不清楚美與醜呢？憑着感覺去看事物，不是很容易辨別美與醜嗎？原來我們有時會被自己的感情欺騙的。看

●　說明美麗的外表不一定有美麗的內心，用比喻來說明，相當生動清晰。

到早上的太陽，會讓人振奮，但看到電子遊戲機，我們也會很「振奮」。甚至看電影，使我們興奮的電影可真太多了。人人都知道電子遊戲的虛擬世界和電影裏面的故事，全都是虛構的。它們沒有騙我們的動機，但是被騙的人卻十分十分的多！

反過來看，俗語說「苦口良藥」，一吃進嘴裏就會使我們叫苦連天的藥，為甚麼我們還要吃？那是因為我們明白那藥是要用來醫治我們疾病的。雖然很苦，但是能把我們醫好，誰說不是一件美好的事？偏偏很多人有病了，卻不知看醫生吃藥，就算看了醫生也不一定願意把醫生開的藥吃下去。這不證明人們有時真的不懂分辨美與醜嗎？

● 說明外表不好看，內在不一定不好。同樣以比喻來說明，但以味覺來比喻，略欠妥貼。這段引用了俗語，加強了說理效果。結尾一句用了反問法，可使文辭較鋒利。

有一次，一位同學向我借錢，她平時是那麼可愛，許多同學都喜歡

● 舉出事例，把內在美的概念收窄到心靈美上，進入中心論點。

她，我也自然不會例外。由於自以為很了解她，覺得她既然那麼可愛，人品也不會差到哪裏去吧？便毫不猶豫地借錢給她。直到有一天跟其他同學談起來，才知道這位女同學專門向同學借錢，卻永遠不會歸還。這讓我受了教訓：不能單看樣子美不美來判斷一個人好不好。借了一百幾十元給同學，拿不回來只是小數目；如果我們誤信奸人，就可能會遺禍終生，那就非常不值了。從那次以後，我便不再和這位女同學做朋友。

人長大了，事情看多了，慢慢學懂從生活細節去觀察人。就像我校的工友，他們都已是中年以上，衣着樸素，說話也少伶牙利齒的，但是請他們幫忙，卻從不會推搪。有時在學校生病了，或者有急事要打電話回家，往往都多得他們的幫忙才能渡過難關。因此，我知道一個人心靈美好，

● 舉出正面的例子來說明心靈美比外在美重要。

自然會在日常生活中顯現出來。

現在我對美與醜的看法深入了，也知道該怎樣觀察與判斷。有一句話說「物以類聚」，如果我想和具備心靈美的人交朋友，我就一定要是一個富有內在美的人才可以啊！

● 寫出個人的體會，並重申應以內在美為重的中心論點作結。收筆能以個人反省為結論，比較一般同學只知向別人提建議，缺乏自省的寫法高明。

總評及寫作建議

作者洋洋灑灑的千字長文，既能用比喻、舉例、分點說明等方法來闡釋中心思想；又能從正反兩面辨析，說理綿密。最後以個人體會收結，態度誠懇，尤為難得。這類題目可以寫得十分細緻周延，但是過長則易致冗贅。作者舉例、比喻的寫法使行文增加可讀性，只要比喻更為貼切，舉例更為生動，就可提高說明的效果。

竹

年級：中四
作者：聶娟
批改者：詹益光老師

設題原因

　　本文為說明文，讓學生在讀畢黃蒙田的〈竹林深處人家〉一文後寫作，嘗試利用黃文的材料，略加補充，寫成一篇運用多種說明手法來介紹竹子的文章。學生一般多能寫出竹子的外貌，能說明竹子的用途、栽培的方法則較少，至於竹子在文化上的特殊地位，能寫的可謂稀少。中三時已學過怎樣寫說明文，這次又有黃蒙田的〈竹林深處人家〉為參考，因此這次練習希望學生能寫出比較有深度的篇章。

批改重點

　　1. 運用多種說明技巧的能力。

　　2. 分清說明與描寫的差別的能力。

批改重點說明

　　1. 審查學生能否運用一種以上的說明手法。

　　2. 審查學生能否避免把說明文寫成描寫文。

批改正文

 範文　　　　　　　評語

竹，是一種植物。外型高聳的竹子上生滿了長而尖的鮮綠葉子，呈條子狀。竹子是空心的，竹的嫩芽亦可用來做菜，令竹子除了可作家具外，還可作食糧，用途極為廣泛。由一枝又一枝的竹子組成的竹林，簡直是為人類而設的天然素材庫，供給人們生活所需的多種素材。

還記得很小的時候，自己經常把竹子和甘蔗混淆，長大了才知道原來分別是蠻大的。竹子是綠色的，而甘蔗的顏色卻是烏黑的；還有，竹子是空心的，甘蔗卻是實心的，並且有着清甜的汁液。探望過海洋公園的大熊貓——安安和佳佳，看到牠們的主要食物是竹葉，更對竹的每一部分都產

● 説明文的起筆應點明寫作目的。這段一開始便説明竹子的構造與用途，和一般説明文比較，是急進了一點。作者到第二段才點明寫作緣起，其實如果把這段抽出放在文首，文章的鋪排就「正常」了。作者沒有這樣做，大概是想把文章鋪排得特別一點。效果如何，就見仁見智了。

● 用上了比較説明的方法，通過比較竹子和甘蔗來説明竹子的特點。這兩者的比較形象鮮明，又能抓住一般人的通病，很能引起共鳴。

生了莫名其妙的興趣。當我後來看到黃蒙田先生的〈竹林深處人家〉，才發現竹有着廣泛的用途，有着不少奧妙之處。

竹的用途之多，簡直令我為之驚歎。它可分為兩大部分。第一，可作煮食之用，在江南鄉下的風味小吃有扁尖筍，是用竹的嫩芽所製成的。又有竹葉煎鍋巴湯和竹筍飯，分別是用竹葉和竹筍烹調而成，令竹的所有部分都可盡用，毫不浪費。

第二，在江南的竹鄉裏，人們還會利用當地出產的竹材，組成屋子的內部結構，如棟樑、天花、地板、板壁和門窗等，支撐屋子結構的重擔都由竹子承擔，讓我們明白到竹子的堅牢特質。屋子裏面的用具，如椅子、桌子、涼牀、碗櫥、衣櫃、茶几、搖籃和斗笠，還有各種用具，都是用竹

● 第三、四段從兩方面說明竹子的用途，用了分項說明和舉例說明，先說食用，再說日用，分別說明，眉目清楚。

製造的，竹子的用途可說多不勝數。

竹子除了用途廣泛外，還會散發出陣陣的清香，處身竹林讓人感到心曠神怡，精神為之一振。工匠在竹材上雕刻出不同的裝飾花紋，使竹子表現出獨特的青春氣息和鄉土氣派。這都是因為竹子在人們生活中佔着重要的地位。作為城市中人的我們，生活上很少像竹鄉的人那樣利用竹，自然便感覺不到。如果沒有讀過黃蒙田先生的文章，也不可能引起我們對竹子的注意。

● 寫竹子給人的感受，並點出竹子給人的特別印象。然後回應文首提到黃蒙田一文作總結，使一篇可能平平無奇的說明文字，增添較深遠的韻味，這種作法是可取的。如果能加以引申，多寫竹子的神韻，就可以做到韻味深長了。

總評及寫作建議

本文基本上能達到說明文寫作的目標，沒有寫成一篇描寫竹子外貌、構造的描寫文。在鋪排上如能在起筆先點出全篇的重點，然後逐項鋪陳，就會更為流暢。此外，文章收筆要能振起全篇，說明文的結尾寫一點感想，抒發一下讚歎之情，應能增加閱讀的趣味，提升說明文的層次。

老師批改感想

　　批改説明文時，看到學生論據荒疏，詞不達意，往往很沮喪；另一種令人喪氣的情況，是學生儘管理例兼豐，卻又鋪排不當，白白糟蹋了良好的構思。寫作〈美與醜〉的學生不少只知討論外貌美醜的得失，或者雖談心靈美的重要，卻沒有充分加以證明。在批改時可以將表現較遜色的學生的作品分成思考有欠深入以及基本觀念錯誤兩類。前者由外表美醜談到內在美醜，但不能明確指出應當如何面對；後者則認為內在美與外在美的重要性不相伯仲，甚至認為今時今日外在美比內在美更重要。這樣的情況得分兩面來看，在説明文教學上，即使學生所言與老師所想大相逕庭，但是我們仍得指導學生怎樣為個人的主張鋪排論據。在品德教學方面，如果學生的思想、價值觀有誤，乘着教學之便，可引發討論，並説服學生接受老師的看法，那卻是對老師説理能力的考驗啊！

談成功，說失敗

年級：中七
作者：梁軍山
批改者：劉添球老師

設題原因

誰人都嚐過成功與失敗，有些人從失敗走向成功，也有些人從成功走向失敗。成與敗，究竟是怎樣的關係？作為一位預科生，經過公開試的洗禮，對生活與歷史都有一定的認識，當能遠近取譬，對文題有深刻的反思。

批改重點

1. 文章創意思考的能力。
2. 文章闡釋事理的能力。

批改重點說明

1. 創造力與創意思考是香港學生較弱的一環。同學偏向接受普遍認同的道理，卻少有反思這些說法的合理性與延伸性。成功的說明文應該給讀者豁然以悟的感覺，能做到這效果，非有很高的思考性不可。

2. 有了要說明的道理，就要看表述方法是否有效。大抵說明文是先立其大旨，然後作理念分析，找出事理的根據，

然後加以舉證。例證是否為人所熟知、能否引起讀者的類比心理，決定了文章的一半成敗。

批改正文

 範文　　　　　　　 評語

成功與失敗，每一個人都會經歷過。我們會因成功而喜悅，因失敗而沮喪。事實上，成功與失敗只是一線之差，而兩者之間更有着不可分割的關係。

● 首段點題，清楚道出文章內容。段末一句更說明了要探索的道理。

有人說「失敗乃成功之母」，我卻認為「成功乃成功之母」、「成功乃失敗之母」、「失敗乃失敗之母」也都成立。不是嗎？有些人會從失敗中吸取教訓，最終取得成功；有些人因為成功而振奮，取得更大的成功；有些人卻被眼前的成功蒙蔽，最終招致失敗；更有些人，失敗後一蹶不振，永遠沉淪在失敗的沮喪中。

● 此段點明整篇文章的總綱。從人們常說的「失敗乃成功之母」推演到兩者可能出現的幾種關係，給人耳目一新的感覺。

　　成功或失敗，全看自己的努力。不要以為成功人士躊躇滿志，就以為他們的成功很容易。其實，成功背後總有辛酸，他們付出的汗水、心血和時間實在難以計算。然而，他們即使失敗了很多次，也不會放棄。他們會堅持自己的信念，屢敗屢戰，最終取得成功。像愛迪生，他每發明一樣東西，就不知失敗過多少次，可是他並沒有放棄，每一次失敗累積下來的經驗，反而成了他最終取得成功的條件。

● 定了總綱後，便須逐點分析。這一段寫「失敗乃成功之母」的道理，用愛迪生作例子，不是家喻戶曉嗎？

　　失敗能為成功鋪路，成功亦能為更大的成功鋪路。當一個人能從成功中找出致勝原因，加以發揮，便能成就長期的成功。就以唐太宗為例，他開創「貞觀之治」後並沒有鬆懈，他明白只要稍有放鬆，就會生出禍端。他知道成功之道在用人，他的貫徹始終便成就了初唐盛世。

● 闡釋「成功乃成功之母」的道理，用的是唐太宗的例子。

成功不是必然的，也不是永恆的。有很多人一旦成功，便會鬆懈下來，他們很容易被眼前景物所蒙蔽，不思進取，導致日後的失敗。就如唐玄宗，他成就了「開元之治」，國富民安，不是一個盛世嗎？可是，最後他不也是因為安史之亂而面對最大的挫敗嗎？巨大的成功使他忘了警惕，忘記了以前成功的原因。又好像拿破崙，他早年每戰必勝，天下無敵，雄霸歐洲。然而當他志氣驕盈，同時向英國、俄國、西班牙等開戰，便逐步邁向滅亡。

有人能從失敗中吸取教訓，但亦有人不懂檢討敗因，找出成功之道，他們失敗了以後，或怨天、或尤人，最終只會在失敗的漩渦中打轉，永遠找不到出路。西楚霸王項羽不是這類人物嗎？也有些人失敗後沮喪不已，

● 闡釋「成功乃失敗之母」的道理，用的是唐玄宗、拿破崙的例子。

● 闡釋「失敗乃失敗之母」的道理，用的是項羽的例子。

再提不起勁來，成為永遠的失敗者。

　　人生有起有落，有成功亦有失敗，成功了不驕傲，失敗了不氣餒，才能達到真正的成功。成敗的關係並不單一，失敗不一定是成功之母，成功也可以帶來最後的失敗。只有不斷奮進，失敗時吸取經驗，深入檢討敗因，才有資格登上成功的寶座。

● 結語重複論點，亦即概括總綱，讓讀者的思維在一番引申推演後再一次掌握文章要旨。

總評及寫作建議

　　文章很具創意，道出了成功與失敗的幾種關係，突破了一般人的思想框框。理念分析尚可處理得更精細，應多從成功者與失敗者的心態下筆，像面對失敗時，有人會心生不忿，更加鍥而不捨；有人卻如鬥敗公雞，變得萎靡不振，甚至永遠把自己定位為失敗者。成功呢？有人會意氣風發，以為無敵於天下，急於冒進，結果轉勝為敗；有人卻如臨深淵，如履薄冰，在保有成果之餘達致更大的成功。

　　說明文很重視舉證，有例可援自然加強文章的說服力。同學所舉例子都是家喻戶曉、眾所周知的人物，很能達到舉證的效果。然而，若多加介紹人物的軼事，分析這些事情與成敗的關係，應可令文章更加可觀。

　　總的來說，同學展示了很高的思考力，分析亦具條理。文章骨架已備，若能多添肌理，不難成為洋洋數千字、意念豐富、發人深省的雄文。

網中人——青少年與電腦網絡世界

年級：中六
作者：高詩韻
批改者：劉添球老師

設題原因

　　自從有了電腦與互聯網，生活內容即起了重大變化。我們一方面享受電腦帶來的方便與樂趣，另一方面卻受到它的影響，甚至甘心成為它的囚徒。寫作練習該由學生最熟悉的東西開始；這篇說明文，設題也緣於這個道理。

批改重點

1. 文章觀察與洞識的能力。
2. 文章佈局與謀篇的能力。

批改重點說明

　　1. 優秀的說明文在於告訴我們存在於現實，卻又往往被人忽略或漠視的東西。觀察力與洞識力決定了文章能否有充實的內容、能否從紛亂中理出頭緒、或是在平常中找出端倪。對說明文來說，這是判別文章高下的最重要指標。

　　2. 說明文的表達方式不離演繹或歸納。有了論點與內容，便要用明晰而井然的段落去鋪述。這反映了作者能否以結構性思維去把事情理順，先後有序、因果依循、主次得所，是說明文的必須架式。

批改正文

範文　　　　　評語

「上網」是瀏覽互聯網的俗稱，是青少年的主要消遣活動之一。

● 起文直接，清楚點明文章的主要內容。

談及「上網」這種高科技玩意，實在不得不讚歎科技真是一日千里！相信當年使用電報通訊的人，絕不會想到科技竟可發展到連手提電話也可上網的境界！這妙絕古今的「進化過程」的確為我們帶來更多的溝通、更大的資料搜羅空間和更趕上潮流的娛樂；然而，當中的壞處卻又多不勝數！

● 先揚後抑，是說明文常用的手法。這表示了作者並不偏頗，既肯定電腦的功能，也注意它帶來的壞處。這種先退而後進的策略，較容易取得讀者認同。

今天，「上網」不再是特別的玩意，配備了上網裝置的電腦不但在學校可找到，在公共圖書館，以至鬧市中的商場也可找到。而且由於普及了，無論買電腦還是上網費也愈來愈便宜，一般家庭都能負擔得來；而正

● 從環境上着筆，客觀條件令「上網」更容易成為潮流，量變最終帶來質變，作者的關注便不是無的放矢了。

因為它的極度普及，一連串問題也衍生了出來。

首先，它漸漸成為青少年日常生活不可或缺的東西。「網吧」就是最具代表性的東西，青少年們即使家中已經有電腦，也不時約三五知己到這些場所消遣，不分晝夜。

沉溺「上網」影響了生活節奏，也影響了學業成績！這些「常客」進行的並不是學術交流，而是只求競勝的線上遊戲！況且流連「網吧」容易接觸到壞人，隨時可能學壞，個人安全也受威脅，「近朱者赤，近墨者黑」這道理誰沒聽過！

沉迷「上網」更會影響身心健康。試想一個正在發育的青年人，每天只顧坐在電腦旁玩遊戲，或利用網上傳呼與他人溝通，結果就是缺乏運動，妨礙成長。在心理發展方面，由於網

● 略述青少年熱衷上網的現象。

● 由現象進而述及結果，合乎思維順序。接着敍述幾種沉溺上網的壞處：影響學業、容易接觸壞人……

● 妨礙身體與心理成長，扭曲人際關係，影響社交……

上世界需要隱藏身份，結果弄虛作假，
人人變得不老實，影響真正的社交。

　　有人說：「時間就是金錢，上網是
搜尋資料的最佳途徑。」無可否認，足
不出戶便可以接觸浩如煙海的資訊世
界，很佔優勢。可是，接觸不良信息的
機會也大大提高了。處於青春期的青少
年好奇心重，會因為太易搜尋網站，從
而接觸到不應接觸的資訊呢！

● 容易接觸不良資訊
而學壞⋯⋯

　　此外，也有人認為「上網」可協
助文化交流，學習語言，但我絕不認
同這說法！雖然我也曾愛用國際網上
傳呼器與人溝通，但我絕不跟外國人
成為網友。原因是語言障礙令我感到
壓力，雙方的文化差異亦使我們沒有
足夠的話題。跟他們在網上聊天比與
朋友談天說笑的感覺實在相差太遠！
何況網上傳呼所用的文字另具一格，
語文只會學錯，不會學好。

● 國際網上傳呼劣化
語文能力⋯⋯

如果你認為這些理由都不足夠，那麼你又對屢見不鮮的「網友風化案」有甚麼看法？我深信那些曾經受騙的少女定會抱憾終生，真的希望大家能以此為戒。另外，你又對於瘋狂追看網上連續劇的行為有何感想？極度沉迷，不也是生命的浪費嗎！

● 網上交友危及人身安全、沉迷網劇浪費時間……

最後，上網亦增加了犯案的風險。因為互聯網上充斥了無數非法下載的網站。最常見的是非法歌曲及電影下載服務，很多青少年為了省錢便鋌而走險下載歌曲或電影，干犯刑事罪行，一旦犯案，前途定必受到影響！

● 容易侵權誤蹈法網……

不過，點明以上現象並非表示要禁絕使用互聯網，我只擔心如果以上情況繼續惡化，就枉費科學家、電腦設計家的苦心了！因此，我希望給大家一些建議。

● 講述了壞處後便提供可行的方法，意念鋪序合理。

首先，青少年心智未成熟，對時間的管理不善，容易虛耗光陰，需要家長從旁指導。畢竟成年人經歷的事都比我們多，處事較理智，較能分辨事物的好壞對錯，告誡青年人「書到用時方恨少」時更有說服力。因此我建議大家設定一個時間表，嚴格遵行，作息有定，做好生活管理。懂得自律才能提高生活質素，更可以令父母欣賞自己，信任自己。到他日有活動需要父母批准參與時，就容易多了！

● 面對電腦與網絡世界的誘惑，可以做的其實非常有限。當你看到沉迷者的廢寢忘餐，便可以知道電腦光影世界的無盡引力。是以這段所提供的方法也並不太多。

此外，從網站管理者的角度，賺錢之餘也應該顧及社會責任，切勿只為瀏覽人數而製作有壞道德風俗的網站，更不應該通過上網騙人害人。荼毒了青少年，對社會又有甚麼好處呢？

● 這段嘗試從網站經營者入手，申明他們的社會責任。

希望人們能夠參考以上意見，加以改善，那麼「上網」便可成為我們極佳的學習、溝通和娛樂工具了！

● 重申電腦與網絡世界的本來作用以收結。

總評及寫作建議

　　文章結構井然，重點分析沉迷上網的負面影響，鋪敍清晰、思慮周全。文章重心不在剖析人們沉溺上網的原因，也不在說明如何抗拒網絡世界的誘惑。畢竟那是很高層次的心理分析，是學者與心理學家要做的事。從說明文的角度看，同學已能清楚申明對事情的看法，說明文的規模與功能，經已具備。

老師批改感想

　　說明文從來都是香港學生的寫作弱項，原因是：我們的教育過去只重視背誦答案，而不重視理解；我們的電視台只製作一個又一個通俗而煽情的劇集，卻少有培養青少年分析能力的節目。即使是我們的中文科，範文也是描寫、記敘、抒情，卻少說明與議論。我們當然明白，對學生來說，前三種文體是較能引起共鳴的，但假如我們要培養的不單是感性思維，還包括說明、分析、議論等知性思考，那我們的讀文教學，便有所不足了。

　　教育，不單在學校，還在整個社會文化。若我們只滿足於培養感性，而不去建構一個重視知識、長於說明、樂於論辯的社會，我們的發展當有所局限。說明文的背後，是一種嚴格的思考訓練，那包括創意、邏輯、綜合、類比、批判、結構性鋪敘等思維，那是語文訓練的重要大項，絕不可輕視。

我想有這樣的一個哥哥

年級：中七
作者：周麗明
批改者：歐偉文老師

設題原因

為加深學生對五倫關係的認識，特於中國文學科擬設
「我想有這樣的一個 XX」的文題，讓學生自行挑選五倫的
其中一倫，說明個人觀感。

批改重點

1. 佈局謀篇的能力。

2. 運用抒情的語言加強說明能力。

批改重點說明

1. 入題手法不落俗套，安排巧用心思，可以先聲奪人，
吸引讀者。本篇的第一個批改重點，在分析文章的入題手
法。

2. 說明文字着重客觀地鋪陳事實，平實有餘，情味或嫌
不足。加入適當的抒情語言，可以增加文采。第二個批改重
點，在分析學生如何運用抒情語言表達主題。

批改正文

「一人之下，萬人之上。」這是中國傳統社會中人人皆嚮往的地位，有誰不知登上此位便能坐擁大權？可是對我來說，此話卻不可當真。我在家中佔據高位多年，權力也不小；可是我卻為此付出了代價，一直肩負起照顧四名弟妹的重責，亦要時時刻刻保持大家姐的形象，有時真的會讓我喘不過氣來。居高位者真的如一般人所說的如此享受嗎？我絕對不敢苟同。在總結多年經驗後，我只能說我不想當大姐，而想要有一個哥哥。

● 傳統中國家庭以長為尊，誰是長子，誰的權力就最大。作為四名弟妹的大姐姐，實際上也有不足為外人道的苦處，也希望一嚐當妹妹的滋味。這段透過理想與現實的對照，輕快地帶出作者「想要有一個哥哥」，入題有心思。

人總會有其自私的一面。坦白說，我並不是一個克己盡責的姐姐，對弟妹們亦未做到最好。我常常渴望能有一個哥哥，把我當他的至愛般看待。曾聽過一個關於哥哥的故事，至今仍不能忘懷。一位朋友是家中的蘆

● 透過直接抒情，初步說明自己渴望有個愛護自己的哥哥。

女，地位十分低微，父母重男輕女，完全忽視女兒的存在，只會把長子當成皇帝。這名哥哥知道妹妹得不到父母的愛，故此對妹妹特別愛護有加，而且為了讓妹妹有往海外升學的機會，竟毅然拒絕父母供自己繼續升學，而出外做工掙學費供妹妹讀書。這一個哥哥的形象，在我腦海中浮沉多年，仍久久不能散去。

我心目中的哥哥，並不需要有豐富的音樂才華，不需要有健碩的身體去保護我，更不需要有大量的金錢讓我去亂花。而是像我所說的故事中那位哥哥一樣，用那顆熱燙燙的心去對待妹妹。他會在我傷心時用那沙啞的聲音唱走音的兒歌逗我笑，會讓我受傷的心靈停泊在他那不太強健的臂彎內，更會用他僅餘的兩塊錢買一包叮叮糖給我。這些都是愛的表現，也許世人都希望得到最好的生活，但那可

● 利用感情色彩濃厚的文句，例如「熱燙燙的心去對待妹妹」、「在我傷心時用那沙啞的聲音唱走音的兒歌逗我笑」等，進一步說明理想的哥哥當如何愛護妹妹，寫得鮮明細膩，趣味盎然。

能只是形式上的，我則希望有一個可
以不重形式、能率真地愛我的哥哥，
去保護我的心靈，也填補在父母身上
所失去的愛。

身為姐姐，當中的苦況只有自己
知。朋友可以選擇，親人卻是上天一
早已安排的，也許這個理想的哥哥，
只能收藏在我腦海的漩渦中，我仍是
繼續做好這個上位者吧！

總評及寫作建議

周同學這篇文章，寫來感情豐富，把普通的題材包裝得
富有吸引力。周同學在家中排行最長，需要承擔的責任亦最
大，所以透過本文，設想自己有一位哥哥，說明這位哥哥種
種優點，藉以宣洩當哥哥或姐姐的壓力，寫來十分有趣，全
然不覺呆板。

本文首段由現實談起，交代當姐姐的苦況，想象有哥哥
的好處，起筆流暢自然，親切吸引。下文各段，多用抒情筆
觸，說明理想的哥哥的特質，把平淡的題目寫得深刻傳神。
全文鋪陳哥哥對妹妹的愛護，十分細緻；然而，理想哥哥應
該具備不同的優點，若能善加說明，文章內容自必更豐富
多采。

我的缺點

年級：中五
作者：梁添濃
批改者：歐偉文老師

設題原因

本年輔導組主題為「認識自我」，希望學生反省自己，面對未來。中文科特設「我的優點」及「我的缺點」兩道寫作題目以作配合，讓學生具體說明個人的長處或短處。

批改重點

1. 文章的佈局謀篇。

2. 運用說明方法的能力。

批改重點說明

1. 說明文講求結構清晰，段落分明。老師批改時會以此為據，審視本文分段是否各具重點。

2. 運用適當的例證，有助作者具體地剖析觀點，增加文章趣味。本篇據此作第二個批改重點。

批改正文

 範文 　　　 評語

有人説過：「人總是看不到自己的短處，卻看到別人的短處。」每個人都有短處。我是個平凡的人，可是我也很清楚自己的短處。

● 寥寥數語交代題目，引起下文各段，入題明快。

我的短處太多，想數也可能數不清，實在非常慚愧。第一個短處就是粗心。就拿默書的事來説吧！每次默書前，我都會好有把握地把課文背默出來，可惜那害人的粗心又找上門來，使我忘記怎樣去寫當中的兩個字，就這樣，我只好眼睜睜地看着那寶貴的分數溜走了。還有一次在考試的時候，有一條題目是要把對的答案打「△」，但我卻好像被鬼蓋了眼那樣，看不到題目的指示，結果打了「○」，被扣了五分。你們説我能怨誰呢？唉，那只好怨自己粗心大意吧。

● 説明自己的第一個短處。● 由這段開始，一連四段，運用舉例方法，説明主題。這段以默書的例子，説明自己的粗心大意，例證適切。

第二個短處就是懶惰。媽媽常常說我的房間好像豬窩一樣亂，東一堆衣服，西一堆書本，心裏好想去整理一下，不再被媽媽罵，但最後也因懶惰做不到。有時候媽媽下班回家，廚房裏卻堆放着一大堆碗筷，我想幫媽媽清潔，可是因為懶惰，最終還是沒做到。平時老師佈置的功課，很多時候我都會留到假期才做，一日拖一日。本來我想快點把功課做好，可是家裏的電視、電腦等等吸引了我，因此每次的功課都會遲交。

● 說明自己的第二個短處。● 這段透過自己既不願做家務，也不願做家課這兩個例子，說明自己懶惰的惡習，用語簡潔。

我天生是個愛說話的人，經常不知不覺地在別人聊天的時候「插一腳」，而且口沒遮攔，經常說一些與話題無關的東西，令人感到厭煩。我曾因為愛說話這壞習慣，上課時不期然地和其他同學聊起天來，結果被老師發現，給我一次警告；但是我沒有聽

● 說明自己的第三個短處。● 透過上課受罰的例子，說明自己愛隨意說話的陋習，饒有趣味，有這種經驗的同學當生共鳴。

從老師的話，安靜了一會兒，又繼續找同學說個不停，結果被老師罰抄三張原稿紙，那次的教訓真的不小啊！

另外，我是個挺小氣的人，很多時候我會因一些小事而生氣，直到現在我也記不起生了多少次氣。例如在家裏，我會向家人講不愛聽的話，與他們吵個不停，因此而生氣了。還記得有一次，我的朋友有幾天沒有找我，我以為朋友不理睬我，所以生氣了。而且還想着要和那朋友割席。但後來了解整件事後，我才明白這只是一場誤會，最後我們又做回好朋友了。所以弟弟常說我是個「小氣鬼」。

● 說明自己的第四個短處。● 通過與家人及朋友爭吵的例子，說明自己小氣的缺點。

許多人都不會察覺自己的短處，也不在乎自己的短處，但這些短處卻是導致我們失敗的原因之一，所以我們必須把自己的短處逐一改善。要克服短處並不容易，不過只要堅持，便可做到。

● 總結全文，指出我們必須面對短處，並提出改善壞習慣的方法。

總評及寫作建議

　　梁同學這篇文章，鋪陳自己的缺點，條理分明，毫不矯飾。誠如梁同學首段所言，看別人的缺點容易，找自己的缺點困難。本文能透過舉例，透徹分析自己的四個缺點，的確難能可貴。

　　本文段落分明，首段入題，開宗明義交代題意；末段予以總結，提出可行建議。至於中間四段，每段一意，說明自己的缺點，文字深入淺出，讀者印象鮮明。梁啟超〈最苦與最樂〉及〈敬業與樂業〉兩篇文章，相信許多同學仍記憶猶新。兩篇文章共通之處，就是把題目之中的關鍵字詞，分段剖析，每段又先作定義，後加說明，極有層次。梁同學的四段說明，先提綱挈領介紹自己的缺點，再舉實際例證補充說明，步驟清晰，與前輩作家的說理鋪排手法相同。如果末段的建議具體一點，內容當更可觀。

老師批改感想

　　說明文是中學生經常接觸、經常使用的文體。上佳的說明文說理透徹，結構嚴謹，用詞深入淺出，學生若不能掌握竅門，草草寫來，頭緒紛雜，徒令讀者煩擾。要避免這些情況，老師要求學生寫作說明文之前，可以先配合中文科的口語訓練。近年本科課程着重培養學生的口語能力，學生的說話能力普遍不俗。老師若透過個人短講或小組討論，讓學生面對同儕，大膽申述事理，闡明己見，久而久之，學生自能觀人之長，補己之短，提升說理能力及層次。學生根基既固，下筆成文，縱然未臻善境，相信亦近道了。

減壓的好方法

年級：中三
作者：張綺婷
批改者：歐陽秀蓮老師

設題原因

　　設題目的與說明文單元配合。說明手法眾多，此題可讓同學把各種說明手法靈活運用，自由發揮。

批改重點

　　1. 佈局謀篇。

　　2. 運用說明方法的能力。

批改重點說明

　　說明文的基本要求，便是同學具備運用各種說明方法的能力，如數字、定義、舉例等的說明，因此本文的訓練重點就是與單元配合，讓同學學以致用。另外，說明文也講求選材、開頭結尾等佈局，因而也是另一個訓練重點。

批改正文

 範文 　　 評語

　　甚麼是壓力？壓力是泛指任何造成生理或心理不正常的干擾。如果壓力處理不當，不但會出現一些生理的影響，如頭痛、心跳、手顫、胃痛、腹瀉等，嚴重的可能患上精神病，像憂鬱症及思覺失調等，甚至有自毀及自殺的傾向。

● 開首運用定義說明法，將「壓力」一詞界定好，往後說明便一清二楚。● 開端即以發問打開話題，不僅引起讀者思考，而且緊扣主題，非常醒目。

　　根據二零零一年的兒童與壓力問卷調查報告，受訪者中約有百分之五十二的小學生表示感到壓力，換句話說，一百個小孩中有五十二個感到壓力的存在，超過半數，情況令人憂慮；而參照醫院管理局的調查，本港患思覺失調的人約有一萬人，全部是年輕人，可見壓力的蹤迹無處不在，我們必須正視這個問題。

● 運用數字說明法，有理有據，讓人容易信服。

　　減壓的方法可以說是五花八門，

各人有各人的減壓方法，以下是數種效果較顯著的方法。

近年健康舞及瑜伽大行其道，到底是甚麼原因呢？原來外國有研究指出，做運動能令人產生「快樂荷爾蒙」，令人感到輕鬆自在，這正符合減壓的原則，難怪那麼多人愈來愈喜歡運動。這些年來，政府不斷鼓勵每日行三千步，這不僅使身體健康，原來亦能達到減壓之效能——每天累積步行一小時可加速清除壓力荷爾蒙，有助減壓。

● 提問說明法，引發思考，有互動作用。

睡覺無疑是一個很好的減壓方法：充足的休息使腦袋有清晰的思維及能力解決問題，從而減少壓力。專家亦指出，壓力大時必須有充分的休息來應付，由此可知，睡覺對減壓有一定程度的幫助。

● 文章的發展以不同的說明手法展開，段落層次明晰，內容豐富，環環相扣主題。

食療也是一種不俗的減壓方法。如去皮雞肉能有助調節情緒的血清素合成，乳酪能舒緩緊張情緒，香蕉、意大利麵及吞拿魚等含油量高的魚亦有助減少壓力。有些人則認為吃巧克力、零食或喝咖啡能減壓，但原來是錯誤的。英國有一個精神健康組織的調查結果指出，巧克力未必可以舒緩抑鬱的情緒，相反，可能會有損精神健康。

● 舉例說明法，加強說明，豐富內容。

最後一項是音樂治療。如輕快的音樂本身具有一流的減壓作用，古典樂的悠揚樂韻也能舒緩緊張的情緒，使人進入精神放鬆的狀態，對減壓有極大的幫助。

除了以上四種減壓方法外，當然還有很多其他方法，好像與別人傾訴、香薰治療等。「水能載舟，亦能覆舟」，如不懂得恰當處理，壓力能造

● 以分析恰當處理壓力的重要性及其利害作結，有警示及鼓勵作用，不僅有力，而且思想健康，有積極精神。

成對身心的影響；但如果處理適宜，

壓力則可以幫助了解自己，使人更成

熟。因此，我們不能漠視壓力的存

在，應勇敢解決它帶來的問題。

總評及寫作建議

　　運用各種說明方法的能力強，有效說明減壓的好方法。選材也得宜，都是普遍流行且有效的減壓方法。開首用定義說明，結尾提出處理壓力的重要性，緊扣文題。美中不足是每項減壓方法的說明略嫌蜻蜓點水，若多加說明會更好些，如音樂治療，大可多着墨此法背後的理念與具體的療效。

向「自由行」的旅客
推介在香港一天的行程

年級：中二
作者：鄧綺玲
批改者：歐陽秀蓮老師

設題原因

此題目的乃與說明文單元教學互相配合。讀文教學所教授的說明手法甚多，由於此題與空間時間有關，故可讓同學學以致用。

批改重點

1. 時間／空間順序。
2. 觀察力。

批改重點說明

時間／空間順序說明法乃說明文單元教學的重點，故趁此良機讓同學自選香港旅遊／觀光勝地，然後像導遊般以時間順序法加以說明。另外，要將景點介紹得傳神吸引殊非易事，若欠缺觀察力就如看旅遊指南般乏味，故觀察力也是訓練重點。

批改正文

 範文　　　　　　評語

香港曾被英國統治了一百多年，今天的香港是一個中西匯集、繁華的都會。現在，我們還可看到香港曾是英國殖民地時所留下的痕迹。

「自由行」的遊客可花一天來遊覽香港的風景點，看看中西式的建築。

早上，旅客可先遊覽有「東方威尼斯」之稱的大澳。在中環渡輪碼頭登上渡輪，約一個小時便能到達位於香港西面的大澳。來到大澳，你可看到漁船在海上穿梭，漁民把捕獲的海產生曬成乾貨出售。在大澳，你隨處可見建於水上的棚屋。棚屋在大澳已有二百多年歷史。棚屋多是半圓頂的，像個船篷。棚屋是用葵葉、木枝和石柱固定建於水上的，屋頂除半圓外，還有三角形的。三角形頂的棚屋

● 從時間順序開始，先由早上出發，予人清晰的行程線索。

● 觀察力強，對棚屋的材料、形狀、用途都瞭如指掌，予人鮮明的畫面。● 此處進一步運用空間順序說明法，從棚屋的前、中、後三部分介紹棚屋的特色，層次分明，井然有序。

分為前、中、後三部分，前部是客廳或睡房，中部是擺放神位的地方，後部的睡房多是留給家中的長輩居住。漁民多在棚屋的棚頭吃飯、織魚網，棚尾用作擺放雜物，屋頂則用來曬鹹魚。水上棚屋的生活文化成為大澳的標誌，令大澳散發出一種水鄉的味道。

遊覽完大澳水鄉後，旅客可乘公共巴士到寶蓮寺享用午膳，品嚐一下著名的素菜，並於寺內參拜，更可參觀世界最大的青銅天壇大佛。大雄寶殿鋪着金黃的屋瓦，殿身的主色調是紅色，樑和柱鬆上彩繪。工匠對門和窗的琢磨一絲不苟，令寶殿更顯莊嚴和肅穆。天壇大佛高二十多米，是仿唐釋迦牟尼佛像。大佛安坐於蓮花之上，取其出淤泥而不染的意思。

● 時間交待清晰：由早上過渡至中午，並再次運用空間順序說明法，把大佛由上至下略作介紹，條理井然。

下午，旅客可到赤柱逛一逛。赤柱在港島的南邊。一幢一幢豪華洋房沿海而建，古歐陸維多利亞式的建築物——美利樓——原址在中環，遭拆卸後，便在這兒重建。你可以沿着海濱漫步，享受徐徐海風的輕拂；或可以坐在露天茶座，呷一口港式奶茶，吃一個熱烘烘的蛋撻，欣賞低矮的樓房和一望無際的海景，這是多麼令人心曠神怡的事啊！這感覺讓人彷彿處身於意大利的小鎮之上。

● 觀察佳，將西式建築物的特色，以輕描淡寫的筆法點出，馬上讓人留下深刻印象，緊扣「香港是中西匯集的都會」。

夜幕低垂，旅客可以到太平山頂吃晚飯，順道到凌霄閣參觀。凌霄閣樓高七層，頂層採用闊碗形設計，象徵香港的繁榮。設計融合了西方現代建築物的設計特色和獨具中國色彩的涼亭。晚上，從太平山頂俯瞰維多利亞港和九龍半島的夜景，萬家燈火像天上的星星般閃爍，黑漆漆的夜空被

● 時間順序：晚上，為一天行程之終結，也是最精彩之處：東方之珠躍然紙上。

燈光照得通明。

　　相信旅客在一天香港遊後，便能
了解殖民地所留下的痕迹與中國傳統
建築的特色。

總評及寫作建議

　　運用時間順序推介香港一天的行程，段落有致，層次分明；當中介紹大澳棚屋及大雄寶殿運用了空間順序法，説明有條理，觀察力強，令人一目了然，仿如親臨其地。美中不足是介紹大雄寶殿時有點凌亂，如天壇大佛身高等資料宜於較前説明，之後才對一磚一瓦以及周遭環境加以描摹，這樣更見條理。

老師批改感想

　　說明文的手法簡單易明，而且較生活化，多為同學所掌握；同學要學以致用也較其他寫作手法容易。不過，明顯地，時間順序法較空間順序法運用得好。這可能與空間的概念較抽象而難於掌握有關，建議多作這兩方面的訓練，方能加深印象，提升水平。

髮飾衣履在香港

年級：中三
作者：馬敏儀
批改者：潘步劍老師

設題原因

這是配合中三級學習單元：「說明技巧」的寫作練習題目，希望訓練同學的說明文寫作能力。

批改重點

1. 順序說明的能力。（時間順序）
2. 運用說明方法的能力。

批改重點說明

說明文首重清楚明白，將要說明的事理，表達得有條不紊；其次是運用甚麼方法加強說明的效果，這些都是評價一篇說明文的時候，經常採用的評改方向。

批改正文

 範文 評語

　　香港的髮飾衣履多姿多彩，在過去的二三十年，其趨勢變化更是變幻無常，但是在發展過程中，卻保持了一定的關係。

● 開宗明義地寫出「變化中保持關係」是衣履服飾的發展情況，主旨明確。

　　二十世紀七十年代的女士較流行一些蓬鬆的鬈髮。就是將後面的頭髮和前額所有的頭髮皆攏集到頭頂後固定，再將頭頂上的髮絲燙鬈，蓬蓬鬆鬆的在頭上一堆。到八十年代末期捲曲程度更甚，頭頂上的頭髮是捲曲而有彈性，並向兩邊伸展，稱「椰菜頭」或「即食麵髮」。九十年代中至現在則回歸自然，比較流行負離子直髮等，而額前則留碎碎的留海；曲髮方面則崇尚髮尾自然電鬈，不會全頭皆誇張的鬈髮。人們現在亦多流行染髮，如酒紅色、褐色、淺棕色等等。

● 由七十年代說起，然後再順序寫下去，條理清楚。以鬈髮為主題，然後續寫八十年代，將兩個十年的髮飾變化順序寫出，令讀者易於掌握。及後是九十年代至現在的髮飾變化。

八十年代，絲巾是女士們的最愛，而那個年代的髮箍、金銀製成品亦普遍盛行。現在亦時興一些復古的、頗具民族風格的飾物，而一些一串串的懸墜式耳環亦為人所愛用。形狀適中的項鏈也是大熱之選，項鏈的高度在胸部之上。

● 寫髮型手飾，也是從七八十年代開始，直到今天的情況。

七十年代可說是低腰喇叭褲的世界，而且有牛仔褲的出現，當時無論男女皆穿低腰喇叭褲，上身穿一件緊身衫，頸巾亦是當時的熱潮。七十年代中期則換上了「A 字裙」，而當時的牛仔褲及腳之外，更有反摺至膝蓋位置的設計，襯上橫間長襪及一雙「鬆糕鞋」，新潮得很。八十年代已不再是低腰喇叭褲了，代之而起的是窄腳「蘿蔔褲」、三個骨「燈籠褲」及長裙褲，而粉色系列的運動服裝也打入時裝潮流。八十年代末期朋克大行其

● 這兩段仍是運用比較法，把七八十年代褲子和鞋履的分別，利用並列比較的方法，凸顯其中不同之處，對比效果鮮明，也清楚說明了其中的分別。

道，當時還有一款時興做法，將皮革鑲嵌於皮革中，稱「間皮板」。到了現在，又開始流行一些七八十年代殘舊式牛仔褲的復古風格，亦較着重衣着配搭，有男士女士較喜歡的歐美品牌。女士的服飾亦漸回歸七八十年代的風格，如一些剪毛或拔毛的皮革皮草、蕾絲滾邊高腰洋裝等。少女們也頗流行穿迷你裙、格仔圖案的服飾，這也是很復古的一個特徵。

七八十年代曾經流行超高的尖頭高跟鞋、厚底「鬆糕鞋」等。八十年代以後，人們流行輕鬆自在的通花涼鞋及波鞋。現在的鞋款更加精彩，各式各樣，並興起一種復古和街頭風氣，如高跟涼鞋、圓頭鞋、尖頭鞋等。而帆布鞋及波鞋更是潮流必備的鞋款，稍加變化，既有復古又不失新潮的概念。

現在香港大部分的髮飾衣履都有復古的趨勢，復古之餘並加以改進，令到香港潮流愈加進步，而從中亦可看出現今香港的潮流文化與昔日是有深厚關係的。

● 這一段總結全文，點出「復古趨勢」，貫串三十年來的發展，令文章的說明更見完整。

總評及寫作建議

這篇文章的資料非常豐富充足，作為說明文，有了足夠供調動的材料，成為成功的重要因素。在說明技巧方面，作者主要運用的順序說明法和比較法，都運用得成功。無論是髮飾或衣履鞋子，作者都從三個時代，即七十年代、八十年代和今天着筆，由髮型到頭飾，再談到衣服褲子和鞋履，非常有條理。在說明三個時代的不同時，作者又善於運用比較，令不同時代的衣履服飾的特點，都能夠通過比較凸顯出來。文章的毛病則在資料過於客觀鋪陳，沒有一些分析性的配合，例如不同時代的文化心理和社會發展等，如何影響和造成當時的衣履潮流，對整個發展變化的說明既能更加清楚明白，而且讀來又更有趣味，讀者產生的印象也更深刻。

天水圍銀座商場

年級：中一
作者：姜巧琪
批改者：潘步釗老師

設題原因

這是配合中一級說明單元的寫作練習題目，主要訓練學生的說明技巧，同時亦希望加強同學對所居住社區的觀察和認識。

批改重點

1. 順序說明的能力。（空間順序）
2. 運用說明方法的能力。

批改重點說明

說明一些地方或場所時，空間範圍既大，也涉及很多的事物，不容易逐項予以說明清楚。因此空間處理要清楚，分類方法要簡潔明白，方可表達得有條不紊。

批改正文

 範文 　　評語

天水圍是香港新發展的城市，近年人口急升。這裏有一個有名的銀座商場，由兩幢建築物組成。它們的外觀宏偉，看上去很有科學感，而商場裏面滿是店鋪、食肆、飾物精品店等，可以說是包羅萬有，給予天水圍居民很多的方便。

● 全文結構上是運用總－分－總的方法。首先總寫銀座商場的外觀和內部包羅萬有、非常方便的特點。

在二樓，有設備齊全的中央圖書館。這裏地方很寬敞，免費供市民借閱圖書和上互聯網瀏覽資料，十分方便。有很多區內居民和學生都會在這裏流連、閱讀書報。

● 開始分寫商場內不同種類的店鋪或場所。又點明空間，令說明的對象（商場）更清楚地呈現出來。

除了圖書館，商場內最多的是各種不同風味的食肆。它們分佈在不同樓層，包括必勝客、餐廳、麥當勞、日式壽司店和酒樓等。可以說，甚麼款式的食品都不難找到，而且中西風

● 繼續以空間為線，重點寫商場其他重要店鋪的種類。既有說明的效果，又突出了商場的特點。

味並存。

　　至於其他店鋪，很多都是售賣玩具，或者以吸引年輕人和小孩子為主的商店。店主都把商店的外觀裝飾得令人目不暇給，顧客看了，都會讚歎。店內的玩具精品，款式很多，而且都別緻可愛，例如玩具模型、洋娃娃、精品擺設等。這些商品吸引了不少玩具愛好者，無論是成人還是小童，走進這些玩具精品店鋪，都會樂而忘返。

● 接着此兩段仍然從「分」的角度，為商場內的店鋪作「分類說明」，全面而具體地介紹了商場內各店鋪。

　　既然有玩具店，也就有文具店。銀座商場的文具店也相當受歡迎，每天午膳和放學後的時間，都會有一大羣學生來到這裏，挑選心愛的文具。除了學生，由於文具的精美，亦會同時吸引其他的文具愛好者。

● 最後一段又重回到「總」的層次，重申商場的繁榮以及對天水圍居民的吸引力，再收結全文，結構完整，描寫清楚。

總評及寫作建議

　　這篇文章結構完整，說明的層次相當清楚。銀座商場內各式各樣的店鋪和場所，並不容易清楚地介紹說明，作者主要運用分類法和空間說明，將各式店鋪分成幾大類別，再以空間為線索，有層次地說明，手法成功。通過作者的說明和介紹，讀者不難對此商場有概括的認識。作為中一級學生，這篇文章在說明手法的運用上算是相當不俗，要改善的是說明過程可以更詳細，店鋪的分類宜更明顯，現在文具店和玩具精品兩類稍見重複，未能完全收到醒目明晰的分類效果。

老師批改感想

　　在眾多文類中，說明的文字幾乎是最平實的。它要求清楚準確，易於理解，但不一定要文采華麗。對中學生來說，要達意，還需要清晰的思考能力，惟其如此，才可以駕馭要說明的材料。這種駕馭的手法，相對其他文類來說，「技術性」較強，因此老師在施教時，可以更多朝此方向訓練學生。換句話說，學生可以通過掌握這些「技術」，開展說明，例如說明的線索、總分法、分類法、比較法等，都可具體掌握。這與描寫、抒情、記敘等文字不同，這些文類講究文筆、辭采、想象、情感等，需要更多的語感和文學技巧的素質，說明文則更重視對說明的事物要準確而詳細掌握，適當運用技巧，利用平實的文字就可寫出成功的作品，在施教和批改上，路數較為獨特。

我最喜愛的一種課餘活動

年級：中一
作者：謝婉彤
批改者：蔡貴華老師

設題原因

1. 校方鼓勵中一學生多參加課餘活動，升讀中一後，同學的接觸面較小學時廣闊，通過本文，同學可反省一下自己喜愛的活動是甚麼。

2. 中一學生剛學畢了說明文的寫作手法，本文希望學生能活學活用地寫作。

批改重點

1.「總－分－總」的結構方式。

2. 定義說明、分類說明、舉例說明、比較說明。

批改重點說明

1.「總－分－總」的結構方式是說明文的基本結構，中一學生宜先學這種結構。

2. 定義說明、分類說明、舉例說明、比較說明，都是一般說明文的基本寫作手法，中一學生應該掌握；至於數字說明跟統計有關，這裏並無要求。

批改正文

 範文　　　　　 評語

課餘活動就是課堂以外的活動，通常是在放學後進行的。我校提供的課外活動很多，比較學術性的有中文學會、英文學會、數學學會等；運動類的有籃球隊、羽毛球隊、泳隊等；文藝方面有合唱團、話劇組、舞蹈組等。有益的課餘活動，不但使我們有多姿多彩的生活，還可令我們身心健康。

● 首段運用定義說明簡單說明何謂「課餘活動」帶起下文。
● 接着用分類和舉例說明課餘活動的類別——學術類的、運動類的、文藝類的，類別很清楚。

如果將課餘活動分為靜態和動態兩類，靜態的活動有彈鋼琴、繪畫、閱讀、玩電腦遊戲等等；動態的活動如各種球類活動、公益少年團、童軍、紅十字會、游泳等等。

● 繼續運用不同的分類和舉例說明課餘活動可分為動、靜二類，能通過不同角度來說明。

我最喜愛的課餘活動是游泳，這是一種有益的、動態的課餘活動。游泳不但可以令我們的心肺健康，還可以讓我們在水裏伸展全身的筋骨，舒

● 寫自己的愛好，正式入題。● 運用定義和分類說明游泳的定義和類別，藉此帶出自己喜愛游泳的原因，行文簡潔。

緩我們的壓力和減輕我們的體重呢！

游泳的花式很多，有蛙泳、蝶泳、背泳、捷泳等。我是初學者，暫時只懂游蛙式，但我會繼續努力學習，希望學懂四種泳式，並在比賽中獲得佳績；花式跳水和拯溺也是和游泳有關的，我也希望可以學懂。

其實游泳也有不好的地方，例如對於一些不懂游泳的人，會令他們容易遇溺而喪命；如果泳池或海灘的水質受到污染，也會令我們容易生病。

● 舉例說明游泳也有不好的地方，能兼顧不同的觀點，很不錯。

總括來說，游泳有好處也有壞處。各種活動都有它的特點，只要我們小心選擇適合自己的活動，就可以培養我們的興趣，從中得到益處和啟發。

● 總結：以人們小心選擇課餘活動作結，呼應篇首，完成「總一分一總」式的結構。

總評及寫作建議

1. 本文採用「總－分－總」方式寫作，以中一學生的程度而言，表現已算不錯。

2. 第三段寫自己喜愛游泳的原因，順帶提到不同的泳式，可見學生具有這方面的豐富知識，如能多述自己習泳的經過或苦與樂的事件，交代一下自己喜歡游泳的原因，可令文章更親切和具真實感。

我眼中的香港人

年級：中四
作者：勞靜汶
批改者：蔡貴華老師

設題原因

1. 中四的同學有些在香港出生，有些由內地或外地移居本港，無論如何，他們都已認同了自己是香港人的身份，究竟他們對以前的香港人和今天的香港人的認識有多少呢？本文以他們熟悉的社會的人事物象為題，寫出他們心中的看法。

2. 要寫好議論文，必須先寫好說明文，這篇文章是為將來寫作議論文做點準備。

批改重點

1. 運用對比手法以助說明。

2. 舉例（事例、史例、設例）說明。

批改重點說明

1. 希望同學能運用對比手法以助說明，如今昔對比、優劣對比等。

2. 香港的歷史和近十多年發生的事件，跟香港人生活上的改變和性格的形成息息相關，同學須多舉引有關史實／事例以助說明。

批改正文

 範文　　　　 評語

　　香港，是國際的金融中心、文化的大都會。從昔日的一個漁港，慢慢發展為今天這個商業城市，是香港人努力的成果。經過一九九八年的亞洲金融風暴後，香港發生了重大的轉變，貧富懸殊的情況日益嚴重，但在我眼中的香港人還是不屈不撓、遇強愈強的。

● 就最近十幾年香港發生的事件，說明今日香港的情況和今日香港人的特色——不屈不撓，遇強愈強，能清晰地說明個人觀點。

　　在日本人佔領香港期間，香港人捱過了三年零八個月的痛苦時期。戰後生活困苦，香港人也憑着堅毅不屈的精神戰勝了一個又一個的難關。六十年代香港曾出現旱災，市民經歷了一段四天供水一次的「制水」時期。縱使當時時勢艱難，香港人都能守望相助，共度時艱。這都是香港人的優點和特質。

● 通過歷史事實，說明香港人的優點和特質——守望相助，共度時艱。（例子恰當，能使香港人讀來倍感親切。）

到了八十年代後期，香港變得富裕起來，國際地位提升，各家各戶都豐衣足食，可惜香港人的一些寶貴的特質卻隨之而消失。例如在一九八四年《中英聯合聲明》簽署後，部分香港人十分擔心香港的前景，為了個人的利益紛紛移民外地，與以往團結和守望相助的香港精神截然不同，香港人都變得十分醜陋、自私。

● 運用對比手法，寫一九九七年前後，香港人的寶貴特質逐漸消失，變得醜陋和自私，一針見血。● 舉出「港人紛紛移居外地」的例子作說明，發人深省。

但在香港回歸以後，由於政府管治不當，香港人團結的精神又回來了。愛港分子團結一起透過示威、抗議、遊行，向政府表達訴求，大家都有共同的目標，他們都希望香港這顆「東方之珠」繼續發亮發光。

● 回歸後，香港人又一變——團結。● 舉例說明：港人通過遊行、示威等活動表示對政府的不滿。

往後幾年香港接二連三受到打擊，失業率上升，裁員、減薪的情況折磨着香港人。在這艱難的環境下，又碰上了致命的「非典型肺炎」。在這

● 舉例說明：舉出這幾年發生的事件，寫出香港人美麗的心靈和無私的愛心。

時期，香港人的心情都非常沉重。但在我眼中這時的香港人是最美麗的。他們互助互愛，尤其是前線的醫護人員無私的奉獻。終於，香港人咬緊牙關又渡過一個難關。

經此一役後，香港人又再團結起來重建香港，內地與香港簽訂了《更緊密經貿關係安排》，可說是使香港經濟復甦的里程碑，香港人已經變得逼強愈強，甚麼難關都能闖過。

● 舉例說明：舉出香港人經過重重打擊後，遇強愈強的特質又重現。（例子恰當，能讓人認識香港人理性的一面。）

也許香港人最美麗的特質總會在危難中發揮出來，但在未來的日子，我相信香港會因為堅強的香港人而變得美麗起來。因為在每個愛護香港的香港人心目中，香港永遠都是「東方之珠」，我們不會讓它蒙塵，而要讓它繼續發熱發亮。我作為一個香港人，我覺得非常光榮，因為我都是在危難中茁壯成長、不屈不撓的香港人。

● 總結：認為只要香港人美麗的特質仍在，香港便有希望，並以身為香港人而自豪，呼應首段，結構完整，立場鮮明。

總評及寫作建議

1. 假如作文並非必須在兩個教節內完成,我相信同學能蒐集到更多的歷史資料,文章內容能更符合要求。(舉引歷史事件為例)

2. 對比手法運用欠明顯,其實有部分香港人是較為個人主義和物質主義的,他們自私,不顧他人死活,惟利是圖,重視享樂,但本文並無提及。單以港人優點入文,略嫌以偏概全,如取材能以部分香港人的負面性格或行為借題發揮,以對比手法帶出大部分香港人的優點,則可以面面俱到,令文章的內容更全面。

老師批改感想

1. 同學大致已認識到說明文「總－分－總」的結構。

2. 批改時覺得前一篇〈我最喜愛的一種課餘活動〉較易批改，因該文以臚列事實為主，說明一些人所共知的活動，比較客觀，個人的觀感較少；第二篇〈我眼中的香港人〉，則比較主觀，因作者寫自己眼中所見，心中所感，跟批改者的心意未必吻合，故批改此類文章時，老師須多尊重學生的看法，但也須提點他們勿有過分主觀或偏激的看法。

後記：幾句衷心話

　　我是一個頗有計劃、顧慮周全的人，很多事都能如期完成，很少會誤期的，和我合作過的朋友都知道這點。當我答應當時任職於中華書局的梁偉基先生編這套書後，很快便定好了全盤計劃。

　　我在二零零四年的六七月間便開始邀請老師參與這項工作，並在暑假前寄出批改指引、每頁的版面樣式、各種文體的寫作能力、批改後稿件的處理方法等給老師，務求他們一目了然，可以立刻準備開始工作。我更定出了交稿的日期，從二零零四年十一月底開始，每月交一種文體，依次序是記敘文、描寫文、抒情文、説明文和議論文；到二零零五年三月底，便可以收齊所有稿，這樣便可以趕得及在七月書展前出版。我這樣想當然是過於理想。

　　開始收稿時，問題便來了。有一兩位老師用筆批改稿件後寄給我，我審稿時發現有問題，便在稿件上説明，然後寄回給老師；他們修改完再寄給我，我覺得仍然有地方不妥當，便又在稿件上寫清楚問題所在再寄回給老師。這樣數來數往，仍然沒法解決問題，實在很麻煩。於是我和梁偉基先生商量，大家都覺得用電腦批改和交稿會更方便。我立刻用電郵通知老師，建議他們先用電腦打稿，然後再依版面樣式

批改，改好後用電郵寄給我。當我收到稿件時，有小問題的，我便代老師改了，不必再麻煩他們；如果有大問題的，我才會寄回給他們重改。如果老師沒空打稿件，可以把學生的手寫稿寄給梁偉基先生，梁偉基先生打字後再用電郵寄給老師，老師便在電腦上改，改後再寄給我。所有的稿經我審閱後，沒有問題的便轉寄給梁偉基先生存檔，並同時進行排版的工作，這樣工作的進度便會快些。

過了不久便收到一位老師寄來一篇可以做樣本的稿，我很高興；在得到她的同意後，便把稿件寄給其他老師參考，請他們依這個樣式做。我滿以為這樣的安排很理想，誰知問題又來了。我等到十二月中，仍然有相當多的老師沒有交第一篇稿，我想可能他們還沒有教記敘文；但開學已三個多月了，難道甚麼文體也沒有教嗎？為甚麼一篇稿也沒有交？我開始有點焦急，於是再發電郵追稿，等了一段時間，仍有好幾位老師沒有回應；我只好打電話給他們，才知道原來我寄出的所有電郵都是亂碼，以致他們誤以為是垃圾電郵而沒有開啟檔案；也就是說，從一開始他們便沒有看過我發的資料。於是我只好雙管齊下，立即把資料用電郵、傳真送過去，他們到十二月底，才正式開始批改的工作。

在審第一批稿的時候，很多稿件與我的構想有頗大的出入，於是我發還給老師重改，有些甚至改了多次。我想他們心裏可能怒我，但他們仍然忍耐地、認真地做好批改的工

作，實在感謝他們。因為太過急於如期完成工作，我在一定的時間內便發電郵給老師，提醒他們要交稿，這樣無形中給了老師很大的壓力。我有時甚至在星期天的早上，老師還沒有睡醒時便打電話追稿；當電話筒傳來對方像夢囈般的聲音時，我又感到有點歉意。我想老師很怕聽到我的「追魂鈴」，所以我也儘量改用電郵聯絡他們，直至我守着電腦多日多月都沒有回應時，才會出動「追魂鈴」。其實我也知道中學的老師工作相當忙，是不宜給他們太大壓力的，但為了如期完成工作，我才會這樣做。

今次這套書能順利出版，要謝謝各位老師準時交稿及對我百般的容忍，同時感謝梁偉基先生花了不少時間幫忙打稿。最後，要感謝為這套書寫序的學者，使這套書生色不少。

劉慶華